Utz Rachowski
Beide Sommer

neue prosa · essay

Utz Rachowski: geb. 1954 im Vogtland. Elektrikerlehre, kurzes Medizinstudium in Leipzig. Inhaftierung 1979 wegen fünf seiner Gedichte. Ausbürgerung. Studium der Philosophie und der Kunstgeschichte in Westberlin und Göttingen. Er lebt im Vogtland und in Berlin-Kreuzberg. Mitglied des deutschen Exil-P.E.N. Sein Werk wurde vielfach ausgezeichnet und ist in mehrere Sprachen übersetzt.

Utz Rachowski

Beide Sommer

Zwei Erzählungen
und drei Essays

Leipziger
Literaturverlag

Ja, als ich jung war unter dem Apfelgezweig
Rund um das trillernde Haus und selig wie grünendes Gras war ...
Die ganze Sonne lang war es Rennen und war es fröhlich, die Heu-
Felder hoch wie das Haus, aus den Schornsteinen Lieder, und Luft war ...
Und nachts, unter den einfachen Sternen
Wenn ich schlafen ritt, trugen die Eulen den Hof davon ...
Dylan Thomas, „Fern Hill“

Zu manchen Menschen kommt heran ein Tag,
wo sie das große Ja oder das große Nein
aussprechen müssen. Augenblicks wird klar,
wer das Ja in sich birgt – er sagt's und wird
in Ehre und selbstgewiss weiterleben.
Wer ablehnt, empfindet keine Reue. Fragten
sie nochmals, sagt er aufs neue Nein.
Das sein Leben gefangen nimmt.
Konstantinos Kavafis, „Che fece ... Il gran rifiuto“

DIE STIMMEN DES SOMMERS

Meines Vaters Atem

Das Land, in dem mein Vater geboren wurde, war schon gefallen, im Spätsommer, zwei Jahre vorher, als er am Heiligen Abend einundvierzig, ungeschützt auf einem Panzer stehend, in seinem Fernglas die Kirchenkuppeln der Stadt Moskau sah.

Dabei, die Ellenbogen angewinkelt, das Glas vor den Augen, verrutschten die Ärmel seiner Uniformjacke ein wenig nach hinten, die aufgenähten Litzen eines deutschen Feldwebels der Waffen-SS, und gaben die wollenen Pulswärmer über seinen Unterarmen frei, die meine Großmutter in Reichenbach im Vogtland für ihn gestrickt hatte.

Das Fernglas, dessen Linsen hin und wieder durch seinen Atem beschlugen, und dessen Adapter er mehrmals drehte und neu justierte, ehe er begann, die Gläser mit bloßen Fingern zu wischen, hielten ein Paar gewaltige Handschuhe, für deren dichte, mehrschichtige Fadenstruktur die Hände meiner Mutter an langen und einsamen Kriegsabenden in Plauen gesorgt hatten.

Die aus ihrer Hand hervorgegangenen Kniestrümpfe, Schurwolle, gearbeitet im späten November, als der Feldzug meines Vaters sich schon anschickte zu dauern, in Plauen, Reichenbach und Leipzig, staken in neuen, großzügig geschnittenen Filzstiefeln, bis zur Hälfte, das Leder, sorgfältig gefettet.

Dr. Goebbels hatte den Frauen über Volksempfänger gesagt, was mein Vater für Hände, Füße und Kopf benötige.

Das stak jetzt in ihren Köpfen.

Und sie hatten fleißige Hände, die Frauen; Großmutter, Mutter.

Jedoch, es schien meinem Vater trotz aller Fürsorge kalt zu werden, an seinem Standort, es war Weihnachten, ganz weiß dort, sodass er, nachdem er schon einige Male das Standbein gewechselt hatte, jetzt häufiger und unruhig mit den Stiefeln auf die Stahlplatte des Panzerturmes stampfte, schließlich herabsprang und zu einem Wachposten, einem Gefreiten der Aufklärer, sagte: Keine zwei Wochen mehr, dann haben wir sie. Lassen Sie sich dann auch ablösen, ich geh' schon mal rüber ins Zelt, mich aufwärmen. Es soll Christ-Stollen geben.

Der Heidelbeerwald

Jetzt ist der Kaffee fertig, und Mutter, morgen Geburtstagskind, hat schon das gute Service aus dem Wohnzimmerschrank genommen, und es schien mir, als wäre sie dabei leiser aufgetreten, als sie Tassen, Teller und Kanne durch das Zimmer trug. Als sie unseren Tisch erreichte, schien sie zu schweben.

Ich nehme eine der federleichten Tassen, drehe sie um, sie schwebt in meinen Händen wie der leise Schritt meiner Mutter über dem Boden, die Unterseite nach oben, aber noch während ich das Bild der hellblauen, gekreuzten Schwerter unter der Königskrone zu enträtseln suche, schreit der ganze Tisch auf, wie mit einer Stimme, ich solle sofort die Tasse hinstellen. In diesem Moment unter diesem einzigen, Schrei, beinahe, hätte ich sie wirklich fallen lassen.

Lasst den Jungen in Ruhe, er hat Ferien, sagt meine Großmutter, die gerade das Wohnzimmer betritt. Vor sich her trägt sie eine schwere Steingutplatte, auf der Heidelbeerkuchen liegt, aufgeschichtet zu einer Pyramide.

Na klar, du wieder musst ihn in Schutz nehmen.

Sagt mein Vater.

Die letzten in diesem Jahr, sagt meine Großmutter und ignoriert den Einwurf meines Vaters, gestern haben wir den ganzen Tag gebraucht, um so viele für euch zu pflücken. Aber wir haben ja unseren Heidelbeerwald, dort finden wir immer noch welche, sagt sie und blinzelt mir zu.

Ich muss noch schweigen und sitzen bleiben. Wenn die Erwachsenen reden, darf ich Kakao trinken aus einer der leichten Tassen aber vorsichtig und vom Heidelbeerkuchen essen, soviel ich will: Und darf träumen, soviel ich will.

Mein Vater sagt: Mit Salz und Brot haben sie uns begrüßt. Und Blumen haben sie auf unsere Panzer geworfen, in der Ukraine.

Mein Vater ist auf dem Vormarsch. Onkel Rudi sagt nichts und spielt mit seinem großen, goldenen Ring an der rechten Hand. Er ist Friseur, hat ein eigenes Geschäft in Leipzig, er ist reich und spielt den Überlegenen mit seinem Ring.

Irgendwie und irgendwoher verdankt er seinen Reichtum mehreren Säcken mit „europäischem Menschenhaar“, einer Beute, die er aus dem Krieg mit nach Hause brachte. Seine Perücken, die er selbst knüpft und dann verkauft und die besten Stücke zur Faschingszeit verleiht, sie haben ihn reich und überlegen gemacht.

Irgendwie und irgendwoher.

Im Krieg war er Fahrer eines „Sankra“ und nicht Feldwebel, wie mein Vater. „Sankra“ heißt „Sanitätskraftwagen“ – erklärte er mir, als ich vor einem Jahr in die Schule kam.

Während Vater spricht und Onkel Rudi an seinem goldenen Ring dreht, sieht Onkel Herbert unter den Tisch. Er hat keine Feldwebeluniform getragen und kein Menschenhaar erbeutet, er hat ein kurzes und ein langes Bein, und alle sagen zu ihm: Na du, du warst ja ausgemustert. Das ist alles, denn er durfte nicht teilnehmen am Krieg wie Vater und Onkel; sein Blick trifft sich unter dem Tisch mit dem von Tante Hilde, seiner Frau, die einen kleinen Buckel bekommt, wenn sie so gekrümmt auf ihrem Stuhl sitzt und unter den Tisch schaut, an dem es für sie nichts zu erzählen gibt.

Aber ich muss sitzen bleiben und darf essen und trinken, soviel ich will.

Und träumen.

Großmutter schenkt mir noch eine Tasse Kakao ein, ungefragt, aus der großen, zerbrechlichen Kanne, und ich nehme mir noch ein Stück vom Heidelbeerkuchen.

Meine Tasse ist jetzt leer, und meine Großmutter schaut nicht herüber zu mir, aber meinem Vater mitten ins Gesicht. Da trinke ich lieber nichts mehr und bin auch satt vom Kuchen und träume jetzt lieber.

Zuerst träume ich immer, was ich weiß, später kommen die richtigen Träume. Ich weiß, dass, während Onkel Rudi, der Friseur, und Vater, der Feldwebel, in ihrem Krieg waren, die Frauen, die Schwestern, Mutter, Tante Hilde und Tante Margarete, ihre kranke Mutter aus Plauen gerettet haben. Aus dem zerbombten, brennenden Plauen. Mit einem Handwagen über die zerstörte Autobahn. Bis nach Reichenbach, wo die Heidelbeerwälder stehen und Großmutter auf sie wartete. Das habe ich abgelauscht bei früheren Familienfeiern, aber nicht viel mehr, nichts Genaues, und so träume ich jetzt lieber etwas anderes, vom Sommer draußen etwa, dem Garten meiner Großmutter, der die ganze Zeit, während ich im Zimmer bleiben und schweigen muss, seine Geräusche wie einen sanften Ruf durch das weitgeöffnete Fenster des Wohnzimmers schickt.

Oder ich träume von dem riesigen blauen Nachtfalter, der gestern früh, als wir ganz zeitig aufstanden, um die Heidelbeeren zu suchen, zwischen den Speichen des Fahrrades meines Bruders saß. Und den ich gefangen und in eine mit Laub und Gras gefüllte Kiste getan habe, die jetzt draußen im Garten an einem schattigen Platz steht. Mit einer Glasplatte abgedeckt, die Spalten der Holzkiste mit Kitt verklebt.

Aber Großmutter sagte, ein Nachtfalter brauche keinen Schatten, sondern die Nacht und kein Laub und kein Gras.

Geh ruhig hinaus, sagt meine Mutter, jetzt, in den Garten, wenn du willst, aber lauf nicht zu weit fort.

Ich höre beim Aufstehen und Hinausgehen noch, wie meine Großmutter sagt: Da hätte sich dein Großvater im Grab umgedreht. Aufs Gymnasium wolltest du nicht, weil sie da so komische Mützen tragen, aber zur SS bist du gegangen, weil du ein Deutscher sein wolltest. Das hat dir ja nicht gereicht: ein Staatenloser, der aus Polen kommt. Ein Polacke. Dann hast du das Land überfallen, in dem du geboren wurdest, und später noch ein paar andere. Dein Großvater hätte dir eine runtergehauen, der wusste immer, wo er hingehörte.

Vielleicht hat mich Mutter hinausgeschickt, weil sie weiß, was kommen wird, wenn Großmutter vorher so schweigt.

Im Garten herrscht der August mit seinen Blumen, den leergefegten Beerensträuchern und den Vogelstimmen darüber, den reifenden Luisen und Klapslieblings. Die Auguster aber sind noch nicht reif, manchmal liegt schon einer im Gras, aber den nehme ich nicht, den hat der Wurm vom Baum geholt, würde Großmutter sagen.

Jetzt muss ich nicht mehr still sitzen und schweigen, sondern darf laufen und springen und könnte, gäbe es jemanden, der mir zuhören würde, reden, soviel ich will. Aber mein Bruder ist schon groß und an die Ostsee verreist, in ein Ferienlager, und meine Freunde sind heute ins

Freibad gegangen, nur ich muss daheim bleiben, weil die Tanten und Onkel gekommen sind und Mutter morgen Geburtstag hat.

Morgen ist Sonntag, und morgen gibt es einen Ausflug zum Waldsee. Vorigen Sommer sah ich, wie eine Ringelnatter dort mitten am Tag über das Wasser schwamm. Wir werden zu essen mitnehmen und am Geburtstag meiner Mutter ein großes Picknick machen, wie in jedem Jahr. Und fahren werden wir in dem neuen, weißen Sportcoupé von Onkel Rudi und Tante Margarete, einem Auto, wie es sich in unserer Stadt niemand leisten kann, nur jemand aus Leipzig, der im Krieg Beute machte. Und wenn ich richtig gerechnet habe und weil Onkel Rudi sowieso zweimal fahren muss, weil wir acht Personen sind, kann ich ihn vielleicht überreden, dass er mich zweimal mitnimmt. Dann wäre ich entschädigt für dieses Kaffeetrinken heute Nachmittag.

Aber weil es jetzt doch keinen gibt, mit dem man darüber reden könnte, über „Brot und Salz" zum Beispiel oder „europäisches Menschenhaar" oder wie Plauen ausgesehen haben mag, als es brannte, gehe ich hinüber zu der Holzkiste, in die ich gestern den Nachtfalter gesetzt habe.

Ich nehme die Glasscheibe herunter und stochere mit einem Zweig zwischen Gras und Laub herum. Der Falter war blau, mit silbernen Pünktchen auf den Flügeln, breiter als meine Hand, die Schönheit selbst, wie meine Mutter ausrief, als ich ihn ihr zeigte, wie er da in den Speichen des Rades schlief.

Und die Freiheit selbst, sagte meine Großmutter, die uns dabei überraschte. Der muss frei sein.

Nein, sagte ich, den will ich haben.

Aber jetzt, wo ich endlich Zeit habe, finde ich ihn nicht, er scheint verschwunden zu sein. Ich schütte die Kiste um, verteile vorsichtig das Gras auf der Wiese, streiche das Laub auseinander, untersuche genau die Ritzen der Kiste, aber die sind dicht, die Bretter fest miteinander verzahnt, die Fugen mit Kitt verschmiert. Wie er herausgekommen sein soll, weiß ich nicht. Er bleibt verschwunden.

Was für ein Tag, sage ich laut und laufe zurück ins Haus, um von dem Unglück zu berichten.

Als ich ins Zimmer komme, ist Onkel Rudi schon auf dem Rückzug.

Ich gebe Vollgas, sagt er gerade, und mit dem „Sankra", gib ihm, aufs freie Feld, wo die beiden liegen, eine Kugel zerhaut mir die Frontscheibe und ein Splitter das linke Zwillingsrad. Ich raus, die beiden, gib ihnen, hintendrauf, und mit Vollgas zurück. Haben überlebt, die beiden.

Jetzt sagt keiner was, und ich stehe allein mit meiner Nachricht. Was ist denn, zischt mein Vater, da sage ich nichts, auch Großmutter und Mutter nichts und laufe zurück in den Garten. Ich klettere auf einen der Birnbäume, und, wäre jetzt jemand hier, mit dem man reden könnte, oder einer wäre mir aus dem Zimmer nachgelaufen, würde ich es nicht anders tun als jetzt: stumm sitzen zu bleiben, zwischen den Ästen, einen Fuß frei, in der Luft baumelnd, den anderen in der obersten Baumgabel abgestützt. Bis in die beginnende Dunkelheit hinein, bis Großmutter oder Mutter sich meiner erinnern, wenn es längst zu spät ist, und nur weil das Abendbrot auf dem Tisch steht.

Die blaue Nacht

Weil ich schon weiß, wie das weitergeht an solch einem Geburtstagsvorabend, weil ich es schon kenne, bin ich von allein ins Bett gegangen.

Ich will noch ein bisschen lesen in dem neuen Pferdebuch, das „Fury" heißt und das mir ein Schulfreund über die Ferien geborgt hat. Ein Buch von „Drüben", wo er Verwandte hat, unsere Familie nicht.

Unten im Haus haben sie Musik angestellt, jemand singt „*Schwarzer Kater Stanislaus schnurrediburredibumm*", und ganz spät am Abend, wenn ich schon eingeschlafen bin und sie unten einiges getrunken haben, werden sie anfangen zu singen, was ihre Lieder sind: „*Wir lagen vor Madagaskar und hatten die Pest an Bord*" oder „*Wir wollen unsern alten Kaiser Wilhelm wiederham*". Tante Margarete wird kreischen bei diesem Lied, und wenn ihre Stimme sich dann überschlägt, werden sie alle „*Völker hört die Signale*" singen, aber nur diesen einen Satz und danach durcheinander, wobei die Männerstimmen die der Frauen übertönen „*Es gibt kein Bier auf Hawaii, es gibt kein Bier, drum fahrn wir nicht nach Hawaii, drum bleibnwerhier*".

Ich bin aufgewacht, schon vor ein paar Minuten, schon als sie ihren Kaiser Wilhelm wiederhaben wollten. Großmutter steht vor meinem Bett, einige Meter entfernt, im Nachthemd, aber wenn ich mir die Augen reibe, steht sie nicht, sondern sie schwebt. Ein blaues Licht scheint von ihr auszugehen, ihre Füße, die in alten Hauspantoffeln stecken, schweben etwas über dem Boden, das blaue Licht strahlt von ihrem Nachthemd her und wird mit jedem Pulsschlag meines Herzens, den ich jetzt ganz deutlich spüre, stärker und dann wieder schwächer.

Und jetzt erinnere ich mich an das Schweben meiner Mutter, als sie heute Nachmittag das Service im Wohnzimmer herantrug, und erinnere mich an eine ferne Nacht, als ich einmal viele Stunden lang aus dem Fenster den vollen Mond anstarrte, wie er sein Licht dem Schlag meines Herzens angepasst hatte, wie das Licht dunkler und wieder heller wurde, bis der Mond sich schließlich geteilt hatte und zwei volle runde Gestirne vor meinen Augen standen, die, als ich sie für einen Moment schloss, zusammengefallen waren wie ein Fernsehbild im Augenblick des Ausschaltens.

Meine Großmutter spricht.

Wir sehen das Abblättern der Tage vom Wipfel des Baumes, aber wie der Stamm seine Jahresringe hervorbringt, sehen wir nicht ... Wir erkennen das dunkel Vergangene am hellen Schein, der von dort in die Zukunft fällt. Unser Leben ist nur ein Echo der Schreie, die unsere Vorfahren ausstießen ... Du wirst die Freiheit verlieren und wiedergewinnen, deshalb ließ ich heute den Nachtfalter frei, er ist deinesgleichen, du brauchst die Freiheit und die Nacht, nicht Brot und Haus ... Die Welt wird sich spalten in zwei Welten für lange Zeit, und beide werden sich Gerechtigkeit nennen. Der Zorn wird dein Haus sein und dein Brot.

Großmutter schweigt. Sie steht im weißen Nachthemd an meinem Bett, von blauem Licht umgeben, und mit jedem Schlag meines Herzens, der sich auf die Pupillen überträgt, verpocht ihr Bild vor meinen Augen. Solange, bis ihre Umrisse nur noch durch den schwach-blauen Schein dieses merkwürdigen Lichtes wiedergegeben werden, bis schließlich auch er verlischt.

Der Tag der Väter

Ich spüre ein Jucken auf meiner Wange, das kurz aussetzt, wiederkehrt an anderer Stelle, auf Stirn, Nase und Auge. Erst als es sich zu meinem Ohr hin bewegt und ich den Brummton vernehme, und noch während ich die Augen einen Spalt öffne, zuschlage, sehe ich die Fliege, die mich geweckt hat und jetzt zum Fenster und dann in den Garten hinaus fliegt. Es ist heller Morgen.

Aus der Küche höre ich die Geräusche des beginnenden Tages, die Stimmen der Familie, über denen eine fremde Männerstimme liegt, die mir jedoch bekannt vorkommt. Heute sind die Stimmen besonders laut, denn heute ist Sonntag und Mutter hat Geburtstag.

Ich springe aus dem Bett, nehme mein Geschenk vom Regal, eine Zeichnung, gemalt in der Schule mit Wasserfarben, mein Selbstporträt als Junger Pionier mit Halstuch und weißem Hemd. Es ist mir wirklich ähnlich geworden, und ich bin stolz und weiß, Mutter wird sich darüber freuen und mich loben vor der ganzen Familie.

In der Küche, die Zeichnung in meiner Hand, gehe ich auf Mutter zu, um ihr zu gratulieren, alle anderen sitzen am Tisch und schweigen, ich umarme sie, aus dem Radio dröhnt laut die Männerstimme, aber Mutter drückt mich nur kurz an sich und legt mein Geschenk auf den Tisch, unbesehen, die Männerstimme wiederholt immer wieder den Namen „Berlin“, und Mutter dreht sich weg, als würde sie weinen.

Ich schaue Großmutter an, Tante Hilde und Onkel Herbert, Onkel Rudi und Tante Margarete, alle starren sie auf die Tischplatte, mit gekrümmten Rücken, wie geschlagen, nur Vater steht abseits und stiert auf die gelbe Skalenbeleuchtung am Radio.

Aber jetzt hebt Großmutter ihr Gesicht, ihr Blick geht in den Garten, dreht dann ins Zimmer zurück und bleibt an mir hängen. Sie sagt: Jetzt sind wir alle gefangen. In Berlin haben sie eine Mauer gebaut.

Na und, denke ich, was geht mich diese Mauer an, heute ist Sonntag, heute hat Mutter Geburtstag.

Jetzt ziehen sie auch die Kampfgruppen ein, sagt Vater zu Onkel Rudi, dem Friseur, da hast du wieder Glück, du mit deiner Lunge. Aber du warst, sagt Onkel Rudi und dreht an seinem goldenen Ring, nicht fünf Jahre in Sibirien.

Und meine Großmutter schreit plötzlich Vater an, unvermittelt und wie besessen: Du bist ja wieder dabei, du hast ja überall mitgemacht, ich hab euch ja gesehn', wie die Gespenster saht ihr aus, mit Gasmasken seid ihr rumgelaufen in unserem Heidelbeerwald.

Komm, trink deinen Kakao, sagt Mutter zu mir, aber ich rühre die Tasse nicht an, heute steht das kostbare Service nicht auf dem Tisch, es ist im Wohnzimmer im Schrank geblieben – und Großmutter schreit weiter: Sogar in die Partei wolltest du, alles mitmachen wolltest du, wo was zu kriegen war, aber da haben sie dich nicht einmal genommen, weil du in der Waffen-SS warst. Das Beten wolltest du mir verbieten und mir meinen Gott nehmen, damit du in Ruhe Karriere machen kannst. Und in der Schule bei dem Jungen hast du dich groß gemacht, Elternbeirat, und deutsch-sowjetische Freundschaft, und Kammer der Technik, und Gewerkschaft, und dem Jungen hast du verboten, die Hosen, die Blue-Jeans zu tragen, die mich ein Vermögen gekostet haben. Das tragen in Amerika die Viehtreiber, hast du gesagt ...

Großmutter schweigt, und bevor Mutter eine Bewegung machen kann und zu mir sagt: Komm, trink jetzt, der Kakao wird kalt, sagt Onkel Rudi, der Friseur, mit leiser Stimme: Der Spitzbart, *keiner hat die Absicht, eine Mauer zu bauen*, hat er gesagt, dieser Spitzbart.

Tante Hilde und Onkel Herbert bleiben stumm, wie immer, doch Tante Margarete hebt langsam ihren Kopf und sagt zu ihrem Mann, ein wenig keck, wie es ihre Art ist: 'S gibt kein Bier auf Hawaii, drum bleib'n wir hier, komm, lass uns fahren sonst ist alles aus. Vielleicht gibt's in Thüringen noch eine Stelle oder nach Bayern zu. Mach schnell jetzt.

Sie stehen auf, und mein Vater, der ganz weiß im Gesicht ist, setzt sich auf den Platz von Onkel Rudi, direkt vor den Radiolautsprecher.

Und unser Picknick, rufe ich, und euer neuer Wagen, das Sportcoupé? Wir wollten doch zum Picknick fahren, an den großen See, und in den Wald gehen, und schwimmen wollten wir, du hast doch heute Geburtstag, Mutter, heute ist doch Sonntag.

Da streicht meine Mutter ganz sanft über meinen Kopf hinweg, beinahe schwebend, und sagt nur: Später vielleicht. Später einmal.

Wir gehen auch, sagt Onkel Herbert, und Tante Hilde steht vom Tisch auf, nimmt aus ihrer Handtasche die Geldbörse und legt ein Zweimarkstück neben meine Tasse: Für die Ferien, du hast ja noch ein paar Tage. Geh doch ins Schwimmbad und kauf dir ein Eis oder eine Bockwurst.

Komm, sagt Onkel Herbert, wir fahren mit dem Bus zum Bahnhof, in zehn Minuten fährt einer, vorn an der Straße. Darf ich mitgehen, frage ich Mutter, und sie nickt.

Onkel Rudi sitzt am Steuer seines Sportcoupés und hupt noch einmal, Tante Margarete winkt lange und lässt eines ihrer teuren Tücher aus dem Wagenfenster flattern.

Wenn es noch einen Weg gibt, denke ich, in Thüringen oder nach Bayern zu, werden sie vielleicht Kaugummi schicken oder das Fortsetzungsbuch von „Fury“ oder Blue-Jeans, damit Großmutter nicht wieder „ein Vermögen“ tauschen muss von „unserem“ Geld. Vielleicht werden sie sogar wieder reich, dann bekomme ich, später, wenn ich so groß wie mein Bruder bin, das Kofferradio, das ich im Versandkatalog meiner Freunde gesehen habe.

Tante Hilde und Onkel Herbert bringe ich noch an die Bushaltestelle. Aber heute ist Sonntag, der Bus kommt früher, keiner steigt aus, außer uns wartet niemand am Bushäuschen, sodass wir uns nur noch „Auf Wiedersehen“ zurufen können, ganz ohne Umarmung. Aber Tante Hilde läuft im Bus schnell zu einem Fenster, drückt beide Hände gegen die Scheibe. Von außen, für mich, sieht es aus, als würden sie, als eine verzweifelte Geste, für immer dort kleben bleiben.

Ich gehe die Straße zurück, am Garten vorbei, zurück zum Haus.

Weiter unten spielen ein paar Kinder, immer zwei stehen sich gegenüber, die Arme erhoben und die Hände in der Luft gegeneinander gedrückt. Sie singen: *Goldne, goldne Brücke, wer hat dich denn zerbrochen …*

Sie rufen mich, aber ich muss jetzt doch etwas essen und trinken, der Tag ist heiß, und mir ist ganz schwindlig. Nur Großmutter und Mutter sitzen noch in der Küche. Das Radio haben sie abgedreht. Vater ist zu Bett gegangen, obwohl es noch nicht Mittag ist, kalkweiß, wie Großmutter sagt, und Mutter sagt, er ist ja bei der Kampfgruppe.

Ich trinke den Kakao aus, nehme ein Stück Heidelbeerkuchen in die Hand, um es auf dem Weg zu meinen Freunden zu essen.

Ob wir ihn vom Ferienlager zurückholen müssen?, fragt meine Mutter in die leere Küche hinein, und Großmutter sagt: Warten wir noch einen Tag, an der Ostsee soll jetzt so schönes Wetter sein.

Ich schlage die Tür zu und will eigentlich gleich zum Gartentor hinaus, hinunter auf den Weg, zu meinen Freunden, aber da höre ich sie wieder singen: *Goldne, goldne Brücke, wer hat dich denn zerbrochen? ... Der Goldschmied, der Goldschmied, mit seiner Jungfrau Tochter ... gefangen ... gefangen ... mit Ketten und mit Stangen ...*

Und jetzt, weil keiner meiner Freunde mich am Gartentor bemerkt, weiche ich vorsichtig zurück, ohne Geräusch, und verschwinde ungesehen hin zur großen Gartenwiese, wo alles noch so geblieben ist wie gestern Nachmittag, selbst die umgestürzte Holzkiste, in der ich nach dem verschwundenen Falter gesucht hatte, ist noch da.

Plötzlich aber bleibe ich mit einer jähen Bewegung stehen, ich höre genau die Stimmen des Sommers: die Vögel unter den Beerensträuchern, den Wind in den Apfelbäumen, die Fetzen des Liedes, das meine Freunde unten auf dem Weg singen, alles ganz deutlich, jedes Geräusch überlaut, aber seltsam voneinander getrennt, vom anderen geschieden, wie vom schneidenden Ton einer Säge zerteilt, wie allein auf der Welt.

Und mit einem Mal weiß ich: *Ich* bin vielleicht an allem schuld, weil ich „die Schönheit selbst", den blauen Nachtfalter in diese Kiste aus Holz sperrte, sind wir jetzt alle gefangen, meine Freunde, Großmutter, Vater und Mutter, die Tanten und Onkel, mein Bruder an der Ostsee. Vielleicht war *ich allein* schuld an diesem zerstörten Sonntag, der der Geburtstag meiner Mutter hätte sein sollen, mit Picknick und Schwimmen im See ... Und ich hob mich von der Gegenwart ab wie ein Schrei meiner Vorfahren. Ich trat mit der ganzen Kraft meines linken Fußes gegen die Kiste, das Holz splitterte unter der Wucht des Stoßes, mit dem rechten trat ich gegen die aufragenden Leisten, die noch nicht geborsten waren, brach sie mit Händen und Füßen auseinander und stampfte auf ihnen herum, bis sie zersplitterten.

Sollen die ihre Mauern doch bauen, wann sie wollen, dachte ich, aber nicht zu Mutters Geburtstag, nicht am Sonntag, nie wieder sonntags soll Mutter Geburtstag haben.

Der Tod auf Hawaii

Später, wir saßen beim Abendbrot, Vater lag noch im Bett und war krank, Mutter war nicht bei Tisch erschienen, Großmutter hatte das Radio wieder angeschaltet, gab es den ersten Toten dieses Tages.

Die allererste der uns verbotenen Nachrichten von „Drüben" lautete, Graf Berghe von Trips habe sich mit seinem Rennauto auf dem Kurs von Monza überschlagen und sei im Wagen verbrannt.

Die leben ihr Leben weiter, sagte Großmutter.

November 1991 – 4. Januar 1992

DER LETZTE TAG DER KINDHEIT

Er will keine Memoiren. Er will den Augenblick.
Max Frisch, „Montauk“

Die Straße. Die Straße meiner Kindheit ist eine Pflastersteinstraße mit unbefestigtem Randstreifen. Wo die Randstreifen enden, beginnen Felder. Wo die Felder enden, steht ein Ortsschild. Auf ihm steht: Reichenbach im Vogtland.

Von diesem Schild aus sind es etwa noch hundert Meter bis zu einer Siedlung, die Stern-Siedlung heißt und hell am Himmel meiner Kindheit steht.

Durch sie führen drei Wege, die jedoch nicht Milchstraßen heißen, wie man vielleicht denken könnte, sondern Randweg, Mittelweg und Erich-Mühsam-Straße; nach der letzten schließt sich eine Häusergruppe an, die die Erwachsenen meiner Kindheit „die SA-Siedlung" nannten, ein Name, der, wie ich mir dachte, wohl mit ihrer Kindheit zu tun hatte.

Aber ich wohnte in der Stern-Siedlung. Der Mittelweg teilte sie in zwei Teile und führte, wie sein Name besagt, mitten hindurch. Gärten zu beiden Seiten, Wiesen, die grün im Schatten hoher Apfel- und Birnbäume lagen, vielfarbige Zäune und dichtgewachsene Sträucher, Johannisbeere, schwarz oder rot und Stachelbeerbüsche ermutigten, über die kleinen, niedrigen Zäune zu langen.

Blumenbeete, Astern, Tulpen, Löwenmaul, und auf den Wiesen vereinzelte Krokusse und Schneeglöckchen begleiteten den Blick durch die kurze Jahreszeit meiner Kindheit.

Und es gab eine Vielzahl kleinerer Hunde; Foxe, Pudel und langhaarige Dackel, die laut bellend an der Innenseite der bunten Zäune entlangliefen, um am Ende der Gärten, wo der Zaun jeweils einen Knick machte, dem Vorübergehenden wehmütig und schwanzwedelnd nachzuheulen, als wollten sie sich bei ihm für ihr wildes Gebell entschuldigen oder begreiflich machen, dies sei lediglich als freundliches Geleit in eine paradiesische Gegend zu verstehen gewesen.

Vom Mittelweg ab, zwei Meter nach rechts, der dritte Garten, der mit dem gelben Ginsterstrauch und dem Pflaumenbaum an der Ecke, gehörte meiner Großmutter.

Ein rotes Gartentor aus zusammengeschweißtem Metallrohr, an dessen Klang, wenn es von mir zugeschlagen wurde, ich mich genau erinnere, führte hinein.

Der Weg aus Steinplatten, doppelreihig, dann rechts wieder Blumenbeete, ein Fliederbaum, zwei Büsche Pfingstrosen, dahinter ein Holzschuppen, dunkelbraun gefirnist, der anliegende Hühnerstall, ein Kirschbaum, die Wiese, Apfelbaum, Astern, Tulpen, Löwenmaul, vielleicht ein weißer Krokus im März; wer jetzt über den Zaun nach außen stiege, würde auf dem Mittelweg stehen und wäre im Kreis gegangen.

Also erneut durchs rote Gartentor, der metallische Klang einer Kindheit, die ins Schloß fiel.

Der Plattenweg, der Holzschuppen, Fliederbaum, aber jetzt nach links, einmeterfünfzig, drei Schritte. Die Tür zum Haus meiner Großmutter war nie verschlossen; man konnte unbemerkt eintreten.

Im Vorsaal zwei Türen, eine nach links und eine nach rechts, gerade nach oben die steile Holztreppe in den zweiten Stock, von dort durch ein Zimmer weiter bis zum Dachboden.

Aber die rechte Tür führt in die Küche. Wer sie öffnet, sieht meine Großmutter am Küchentisch stehen, links der Kohleherd, dessen Eisenplatten im Winter glühen und vor denen es sich zu hüten gilt. Also nehmen wir lieber an, es ist Sommer, das Licht ein wenig dunkel, weil im Hof der braune Holzschuppen die Sicht aus dem Fenster verdeckt.

Ich sitze unter dem Fensterbrett auf einer Eckbank, daneben die Nähmaschine mit dem gefährlichen, zum Hineingreifen auffordernden Schwungrad, das jetzt jedoch stillsteht. Ich sitze auf der Bank, meine Großmutter steht am Tisch. Ich packe meine Schultasche für den nächsten Tag, Großmutter rührt Kuchenteig oder Mohnsemmeln. Mohnsemmeln gab es im Dezember, zum Jahreswechsel. Im Sommer Kirschschale.

Manchmal, wenn ich von der Schule kam, mich schnell an den Tisch setzte, nachdem ich die Schultasche unter die Eckbank geworfen hatte, servierte meine Großmutter eine ihrer Spezialitäten. Kirschschale zum Beispiel: Gestampfte Kirschen mit Milch und rotem Zucker. Oder Mohnsemmeln, das Geheimrezept: Wasser und Mohn in einem Steintopf. Mit einem Holzstößel lange und kraftvoll verreiben, bis sich auf der Oberfläche des Breis eine milchige Schicht bildet. Dann gab meine Großmutter einige Weißbrotstücke in den Topf und stellte ihn auf die Kellertreppe; dort mußte er noch einen Tag lang stehen.

Ich sitze am Fenster auf der Bank. Ich kann, wenn ich hinausschaue, eine Ecke vom Garten sehen, den Fliederbaum, die beiden Büsche, an denen Ende Mai die Pfingstrosen blühen. Dahinter die Johannisbeersträucher, Tulpen, Astern, Löwenmaul sehe ich nicht, aber ein Stück vom Zaun, dahinter den Mittelweg, auf dem vielleicht gerade Herr Schimmack spaziert. Schimmack mit kurzen, grauen Haaren und einer Brille. Im offenen Hemd, in knielangen, grünen Lederhosen, Knickerbockern und langen, großgemusterten, schwarzroten Strümpfen, die in ebenfalls grünen Sandalen stecken. Auf offener Straße.

„Ist die Kacke noch so locker, nichts geht durch die Knickerbocker" – ist mir verboten zu rufen. Auf offener Straße und Schimmack nach. Der Schneider, sagt meine Großmutter. Und ich weiß, einmal hat Schimmack eine Hose für meinen Großvater gemacht, ein Großvater, zu dem ich nie „Opa" sagte und der tot ist, gestorben nach einer Operation, an einem „Blutgerinnsel", wie meine Großmutter sagt. Ich habe keine Erinnerung mehr an ihn, aber ein handtellergroßes Stück einer graugrünen Kreide, mit dem Schneider Schimmack einst bei meinem Großvater Maß genommen, verwahre ich noch auf dem Grund meiner Schultasche. Und weiß eigentlich nicht, wem ich dieses stumme Relikt zu danken habe, ob dieses Stück graugrüner Kreide eher meinem Großvater oder dem Schneider Schimmack zuzurechnen ist. Diese beiden, mit ihren unklaren Geschichten. Blutgerinnsel. Und bei Schimmack etwas von einem Beil, mit dem er gegen die Polizei aufgetreten sein soll und anschließendem Gefängnis. Wie gesagt, unklare Geschichten. Aber Schimmack, von dem meine Großmutter „der Schneider" sagt, geht jetzt auf dem Mittelweg hinter den Johannisbeersträuchern entlang. Wozu, weiß ich nicht, vielleicht um ein Schneider zu sein. Großmutter mit ihren Geschichten. Klarer dann schon die über meinen Ur-Großvater, der vor sehr langer Zeit (da waren meine Mutter und mein Vater noch Quark im Schaufenster, wie meine Großmutter sagt), der also damals in einem Land, das Polen heißt, nachts auf einen riesigen Schornstein gestiegen sein soll, um dort oben eine rote Fahne zu hissen. Ganz allein. Und beim Runtersteigen hat er die Stufen der Eisenleiter mit Schmierseife eingerieben, um zu verhindern, daß die Polizei die Fahne wieder abreißt. Solche Geschichten erzählt meine Großmutter und rührt

Kirschschale oder Mohnsemmeln. Die rote Fahne hat meinem Ur-Großvater damals einen fünfjährigen Aufenthalt in einem – nun wieder ganz anderen Land, das Sibirien heißt, eingebracht. Doch an dieser Stelle wird meine Großmutter immer ganz still und sagt etwas von „verstehst du sowieso nicht“. Und zuerst dächte ich, daß das wohl mit diesem anderen Land zusammenhängen würde, aber einmal belauschte ich ein Gespräch zwischen meinem Vater und der Großmutter, aus dem ich entnahm, daß mein Großvater zur Zeit der großen russischen Revolution im Februar 1917 – nicht zu verwechseln mit dem Oktoberputsch – von einigen Bekannten in Petersburg gesehen worden war. Er mußte also vorzeitig aus diesem Land Sibirien entlassen worden sein, war aber nicht zurückgekommen. Die Bekannten berichteten, wie er am hellen Tag durch Petersburg geschlendert sei, laut pfeifend, sagten sie, dazu noch an jedem Arm eine Dame. Nutten, wie meine Großmutter sagt. Ob er jedoch deshalb in Petersburg geblieben war oder wegen dieser Revolution dort, sagte sie nicht. Das scheint auch für meine Großmutter unklar zu sein. Ich konnte lauschen, soviel ich wollte, mit dieser Frage endete jedes Gespräch über meinen Ur-Großvater. Klar blieb nur, daß er nie wieder nach Hause kam, auch wenn, wie ich erfuhr, „zu Hause“ damals Polen war.

Noch eine Geschichte? Die von dem Vater meiner Mutter, meinem anderen Großvater? Den ich zwar, genau wie die Beiden in meinem Leben nie gesehen habe, der aber ein lustiger Mensch gewesen sein muß. Als lustiger Mensch war er Mitglied bei einem Stammtisch in einer Kneipe seiner Straße und nahm jeden Abend einen zur Brust. Und jeden Abend ließ die Stammrunde eines ihrer Mitglieder sterben, um daraufhin dessen Tod ausgiebig zu begießen. Mein Großvater kam in der Nacht dann jedes Mal weinend nach Hause und berichtete von einem großen Unglück, das geschehen sei: Der Tod eines nahen Freundes. Worauf sich auch bei meiner Mutter tiefe Betroffenheit eingestellt hätte, wäre ihr nicht eben jener totgesagte Freund am nächsten Tag leicht verkatert über den Weg gelaufen.

Auch ist das Ende dieses Großvaters besser überliefert als das meines Ur-Großvaters. Eines Tages nämlich, kaufte er sich ein nagelneues Motorrad mit Seitengespann, fuhr, ohne viel Umstände zu machen, auf

Hitlers soeben neuerbauter Autobahn und überschlug sich im Vollrausch. Klarer Fall, daß seine Stammtischrunde eine Mammut-Sitzung ansagte.

Das sind jedenfalls bessere Geschichten, als am Mittag grundlos den Mittelweg in grünen Sandalen und Knickerbockern heraufzukommen und Schimmack zu heißen!

Aber vielleicht nicht besser als Mohnsemmeln rühren und Geschichten erzählen zu können, wie meine Großmutter.

Während ich auf die Straße blicke und die zwei alten Frauen aus dem Haus gegenüber entlangkommen sehe, die „Umsiedlerinnen" heißen, übrigens wieder so ein Wort meiner Großmutter, von dem ich nicht weiß. was es bedeutet.

Die kleinere Frau, die einen Buckel hat und gekrümmt geht, arbeitet auf dem Friedhof, der am äußeren Ende des „Randweges", an der Grenze der Stern-Siedlung zu den Feldern liegt. Dort wäscht sie Leichen, sagt meine Großmutter, und ich renne jedes Mal, wenn die Bucklige den Mittelweg entlangkommt, schnell ins Haus oder verstecke mich hinter dem dunkelbraunen Holzschuppen oder sitze, wenn ich gerade auf den Fliederbaum geklettert bin, ganz still.

Die andere Frau, draußen auf dem Mittelweg, geht aufrecht, scheint kräftiger als die Bucklige und ist Köchin in einer Betriebskantine. Von ihr nehme ich gern jedes Wort entgegen und die dazu gereichten Süßigkeiten, Schokolade und Pudding, die sie aus ihrer Kantine mitbringt.

Und einmal, als abends ein Gewitter aufkam und meine Großmutter im Garten die Wäsche von der Leine nahm, kam diese alte Frau ins Zimmer, bis an mein Bett, in dem ich lag und mir die Augen zuhielt, setzte sich und brachte mir einen großen Teller Götterspeise.

Die ersten Blitze, das Trommeln der Regentropfen auf dem Blech des geöffneten Fensters, die grünschillernde Götterspeise, die mir die „Umsiedlerin" brachte, die mit einer Frau zusammenlebte, die Leichen wusch, diesen Geschmack sollte ich für immer auf meiner Zunge bewahren.

Aber nun ist ein heller Sommertag, die beiden Frauen gehen den Mittelweg entlang, erreichen, nachdem sie an drei Gärten vorbeigegangen sind, an Zäunen, Wiesen und Hunden, eine größere Pflastersteinstraße mit unbefestigtem Randstreifen. Dort, nach hundert Metern das Ortsschild: Reichenbach im Vogtland.

Die Straße. Die Straße meiner Kindheit führt von Zwickau nach Plauen. Und es ist eine vogtländische Straße.

Das Vogtland. Das Vogtland ist ein kleiner Landstrich im Süden des östlichen Teils von Deutschland. Jenes Deutschland, das heute auf der Landkarte rechts liegt und dessen geographische Physiognomie einem zu Scherzen aufgelegten Betrachter wie ein vertrockneter Zwerg erscheint, mit dem es sich schlecht scherzen läßt. Das Vogtland im Süden grenzt im Norden an Sachsen, zu dem es jedoch keineswegs zählt, was im besonderen aus den auffahrenden Gesten seiner Bewohner hervorgeht, wenn man ihnen sagt, sie seien Sachsen. Vogtland ist Vogtland. Bitte sehr!

Es wird im Westen von Thüringen, im Osten vom Erzgebirge und im Süden von Bayern und Böhmen eingeschlossen. Das Vogtland ist meine Heimat, was nichts anderes heißt, als daß Wälder, Flüsse, Flüßchen, Seen, Dörfer und sonnenüberflutete Marktplätze mit den deutlichen Bildern meiner Erinnerung abwechseln.

Und Wege führen durch alle Erinnerungen, auf den Wegen ich. Mit den Eltern und allein. Allein und mit dem Bruder. Mit den Fahrrad, dann mit einer Zuckertüte. Und später mit den verständnislosen Gesichtern der Altersgenossen und Schulkameraden, die verständnislose Fragen aufwarfen: Was läßt sich dieser Walther von der Vogelweide mit dem Papst ein?

Fragen und Gesichter, zu denen ich früh schwieg und die Antwort wußte. Allein war. Auf den Marktplätzen und Schulbänken. In die Wälder ging und die Wege wußte.

Denn es gibt dort, neben der bereits erwähnten Autobahn, die dem Vater meiner Mutter zum Verhängnis wurde oder ihn vielleicht vor einem elenden und weißen Tod bei Petersburg und Stalingrad bewahrte, oder vor einem ganz anderen Tod im Land Sibirien, dort gibt es neben dieser Autobahn, die, wie ich hörte, von Hitler allein erbaut wurde, nur noch eine einzige Nord-Süd-Trasse. Das ist, diese allein, die Straße meiner Kindheit.

Die Straße. Zwischen Reichenbach und Zwickau heißt sie Zwickauer Straße, nach Reichenbach, Richtung Plauen, Plauensche Straße, und kurz vor Plauen Reichenbacher Straße. Von dort führt sie weiter bis Bad Brambach. Dann fängt Böhmen an.

Die Straße. Aber damals war ich noch ein junges Mädchen. Sagt meine Großmutter und rührt Mohnsemmeln. Jeden früh ritt die Kavallerie dort hinaus. Eine endlose Schlange von Wagen und Reitern, die in den Krieg zogen. Da war ich ein junges Mädchen. Meine Großmutter erzählt. Ich sitze am Tisch und schaue in den Garten. Der braune Holzschuppen, der die Sicht behindert. Aber ich sehe die Pfingstrosen. Ich sehe ein Mädchen. Am Fliederbaum vorbei. Durchs rote Gartentor. Der metallische Klang. Ein paar Meter. Ein anderer Zaun. Ein anderer Garten. Andere Büsche. Wieder ein Fliederbaum.

Hier wohnt der Großvater von Martina. Der Fische züchtet und seine Nächte bei ihnen verbringt. Im Sommer kommt Martina zu Besuch. Wenn der Sommer gelb ist, hat Martina blondes Haar. Dann gehen wir baden. Durch die Felder am Rand der Siedlung. die Stern-Siedlung heißt. Dann steht der Raps hoch. Dann hat Martina einen schwarzen Badeanzug. Dann blüht der Raps gelb. Wenn der Sommer blond ist, schlägt unser Herz. rot, und weiß blühen die Brüste des ersten Mädchens. Ich war dreizehn. Ich möchte nicht *nocheinmalzwanzigsein*. Ich möchte nicht singen. Darüber nicht.

Dann zog Martina ihr Kleid an. Adieu. Wir gingen zurück zur Siedlung, die Stern-Siedlung heißt. An beiden Bäumen blühte der Flieder. Adieu. Dann sagte ich ihr vor dem roten Gartentor: Bis bald. Dann blühte der Flieder wild. Adieu. Dann zog Martina in eine andere Stadt.

Im nächsten Sommer, dem ein endloser Herbst vorausgegangen war, mit einem Mädchen aus meiner Klasse, das Karin hieß, blond war und einen schwarzen Badeanzug trug, versuchte ich, etwas von dem zu wiederholen, was mit Martina weggezogen war. Aber ich habe es nicht mehr gefunden. Und später hießen die Mädchen Ulrike, Beate und wieder Karin. Ihre Haare waren braun, blond oder rot. Da waren es schon zehn Jahre. Und dann hieß ein Mädchen Maria. Aber die hatte schwarzes Haar. An fröhlichen Tagen Zöpfe.

Das interessiert dich nicht, sagt meine Großmutter und schüttet noch Wasser in den Steintopf. Erzähl nur, sage ich und schaue weiter auf die Straße. Jeden Morgen, und ihre Worte scheinen den Rhythmus zu bestimmen, mit dem ihre Arme Mohnsemmeln reiben, jeden Morgen sind sie hinausgeritten. Aber da war ich noch ein junges Mädchen. Kavallerie. Die Soldaten ritten damals auf Pferden, mußt du wissen, weil es kaum Autos oder Panzerwagen gab. Selbst die Kanonen wurden von Pferden gezogen. Jeden Morgen an unserem Haus vorbei. Warte mal, sagt sie, ich muß in den Keller, noch Mohn holen. Ich sitze in der Küche und schaue in den Garten. Martina. Deshalb war ich jeden Abend die Holztreppe bis zum Dachboden hinaufgestiegen und hatte mit einem Fernglas die Sterne betrachtet. Deshalb mein unbezwingbares Interesse für Astronomie. Das nie seine Erfüllung fand, weil ich später nach der achten Klasse auf die Oberschule wechselte, also den Astronomie-Unterricht in der Zehnten der Grundschule verpaßte und den in der Zwölften der Oberschule nicht miterlebte, weil ich ein Jahr vorher wegen allseitiger Renitenz gefeuert wurde. Beleidigung von Armeeoffizieren. Weil ich nicht Offizier werden wollte. Zersetzung des Klassenkollektivs. Mit dem Unterricht fremden Stoffen. Den Geschichten meiner Großmutter und denen meiner eigenen Augen. Von Kavallerie und betrunkenen Motorradfahrern. Von roten Fahnen und Nutten in Petersburg. Von zwei Fliederbäumen. Mein unwissenschaftlicher Blick zu den Sternen. In einer Siedlung, die Stern-Siedlung heißt, weil ihre Häuser immer zu dritt, sternförmig aneinander gebaut waren. Die schwarzen Badeanzüge. Mein Bruder, der Student, mit Geschichten über rebellierende Studenten. Der schwarze ‚Johannisbeer-Schnaps, selbstgemacht, den wir heimlich im Keller tranken. Die Umsiedlerinnen. Die Blitze. Götterspeise. Der Teufel. Rudi Dutschke. Schimmack. Die Silvesterraketen im Schnee. Mein Bruder, der sie abschoß und lachte.

Was war jeden Morgen? frage ich meine Großmutter, die aus dem Keller zurück ist.

Nachdem die Sonne aufgegangen ist, sagt sie, sind sie hinausgezogen, hinaus auf die Felder, wo Krieg war. Unser Haus stand genau an der Straße, und ich konnte alles sehen. Aber damals war ich noch ein junges Mädchen.

Sie sagt nicht: Leokadya Amalia. Das sind meine Vornamen, das Land hieß Polen, das war eine polnische Straße, und der Ort mit diesem Haus an der Straße hieß Sdunska Wola und liegt zweihundert Kilometer von Warschau entfernt. Dort wurde dein Vater geboren. Das sagt sie nicht. Sie sagt nur: Da war ich ein junges Mädchen.

Die Offiziere in ihren glänzenden Uniformen, jeder auf einem Schimmel. Dann der Tambourmajor. Der seinen Stab schwang und den Rhythmus für die nächsten Reihen der Reiter bestimmte. Die Musik. Die Soldaten. Mit Säbeln an der Seite, die den Gang ihrer stolzen Pferde mitschwangen. Zuletzt dann Gespanne. Wagen mit Proviant, Kanonen, Feldküchen. Vorbei an unserem Haus. Jeden Morgen.

Und dann am Abend, und es waren immer warme Abende dort im Sommer, mußt du wissen, und wir Mädchen standen barfuß vor den Häusern am Straßenrand, warteten wir auf die Soldaten. Und einmal, das weiß ich noch genau, war am Morgen ein großer blonder Leutnant auf einem herrlichen Schimmel allen vorangeritten. Abends war ich als erste von den Mädchen an der Straße.

Dann kamen die Soldaten. Ich sah den Leutnant. Er lag quer über dem Sattel seines stolzen Pferdes und war tot. Die Uniform voll Erde und Blut. Ich konnte sein Gesicht nicht mehr erkennen. Sie hatten ihm den Schädel gespalten. Am Morgen war er allen vorangeritten. Er war mutig, aber es war sinnlos, denn es war Krieg.

Dann kamen andere Gespanne mit toten Reitern. In Haufen lagen sie übereinander. Meine Mutter lief aus dem Haus und zog mich an der Hand fort. Das ist der Krieg, sagte sie. Und seit diesem Abend bin ich nie wieder an diese Straße gegangen. Aber damals war ich noch ein junges Mädchen. Sagt meine Großmutter. Und rührt Mohnsemmeln.

Sie atmet jetzt schwer, hört für einen Moment auf und gießt noch etwas Wasser in den Steintopf.

Ich schaue wieder aus dem Fenster, sehe den Holzschuppen, den Fliederbaum, die Johannisbeersträucher, die Blumen vor dem Zaun. Es ist Abend geworden. Der Pfingstrosenstrauch hat seine blutroten Knospen geschlossen. Ein heller Stern leuchtet über dem Haus der Umsiedlerinnen.

Meine Großmutter stellt die Tonschüssel mit dem fertigen Mohn auf die Kellertreppe.

Der Weg, der, geht man an drei paradiesischen Gärten vorbei, auf die große Pflastersteinstraße führt, die hier Zwickauer Straße heißt und von mir benannt wurde: meine Kindheit, ist jetzt leer.

Und später, ich weiß nicht, wieviele Tage oder Jahre vergangen waren, denn Kindheit ist eine Zeit ohne inneres Maß, hörte ich am Morgen ein Geräusch, das schon in der Nacht aufgekommen war und auch jetzt nicht mehr zu enden scheinen wollte.

Ich fand das Bett meines Bruders leer, und als ich nachsah, auch den braunen Holzschuppen, wo sonst sein Motorrad stand. Ich zog mich an und lief auf die Straße, meine Großmutter hatte mich zum Bäcker geschickt, um Brötchen zu holen. Und ich war glücklich, denn es waren Ferien, und die noch flach stehende Sonne versprach einen heißen Tag.

Ich rannte den Mittelweg entlang, einer der Hunde aus den drei Gärten vollzog sein gewöhnliches Ritual und blieb dann winselnd hinter dem Zaun zurück.

Ich kam an die Straße meiner Kindheit, die Pflastersteinstraße mit unbefestigtem Randstreifen – und blieb stehen. Denn alles war stehengeblieben. Schimmack stand dort. Die Umsiedlerinnen waren stehengeblieben. Der Raps stand gelb, aber anderswo. Der Sommer war nicht mehr blond. Die Badeanzüge blieben an einer Erinnerung hängen und standen fest. Und etwas anderes stand fest, blieb zurück und war stehengeblieben, dort an der Straße, an diesem Tag, etwas, was von nun an Kindheit heißen und hinter mir liegen würde.

Denn sie allein bewegten sich. Auf meiner Straße. Rollten weiter. Fuhren fort: Panzer mit aufgepflanzten Maschinengewehren, Lastwagen und Geschütze, Schützenpanzer und Feldküchen.

Sie waren ein endloser Strom, der schleppend unter einer gelben Glocke aus Staub vorwärtskroch.

Ich stand noch eine Weile still, ging dann aber langsam weiter, an Häusern vorbei, immer an dieser Straße entlang.

Zwei Mädchen aus meiner Klasse, Sonja und Ruth, sahen mich und liefen mir entgegen. Was ist denn los, riefen sie, durften wir deshalb in den Wäldern keine Pilze suchen, obwohl wir Ferien haben?

Nein, diese Soldaten waren heute nicht freundlich und wollten keine Adressen tauschen, ganz anders als die von der Pateneinheit unserer Schule, die mittwochs manchmal zum Gruppennachmittag gekommen waren und russische Lieder sangen.

Da lachte ich und ging weiter, denn etwas war vor ein paar Augenblicken stehengeblieben, und ich hatte mich umgedreht und wußte seither den Namen.

Ich ging weiter und kam an einem Haus vorbei, in dem der Direktor unserer Schule wohnte; ich sah ihn im weit geöffneten Fenster in der zweiten Etage des Hauses stehen, in .jeder Hand ein rotes Papierfähnchen, die er wie wild schwenkte. Rufe der Begeisterung mußten aus seinem Mund gekommen sein, die jedoch sogleich vom Klirren der Panzerketten verschluckt wurden.

Ich ging eng an der Hauswand entlang, so, daß mich der Direktor nicht sehen konnte, und als ich nach oben blickte, sah ich nur noch seine Arme und Hände mit den roten Fähnchen und wie sie sich dem Strom und der gelben Staubglocke entgegenstreckten.

Andere Hände müssen es gewesen sein, dachte ich, und eine andere Fahne, die mein Ur-Großvater einst in schwindelnder Höhe befestigt hatte. Nicht diese Schulkreidefinger, nicht dieses Zensurenrot.

Das nicht, das wußte ich jetzt, seit ich mich nach dem umgewandt hatte, was meine Kindheit gewesen ist.

Aber ich ging weiter, noch an zwei Häusern vorbei und öffnete dann die Tür zum Bäckerladen. Außer einer Verkäuferin und mir war niemand sonst in diesem Geschäft, denn alle waren sie stehengeblieben.

Ich kaufte fünf Brötchen und drei Stück Mohnkuchen, für meine Großmutter, meinen Bruder und mich, bezahlte und verließ den Laden.

Auf der Treppe der Bäckerei geriet ich wieder unter die Wolke aus gelbem Staub, roch den schwarzen, verbrannten Diesel, sah zu den Fahrzeugen hinüber und – wäre beinahe gestürzt. Ich sah ihn! Er saß auf dem schwarzen Motorrad, mitten in dieser unendlichen Panzerkette, mitten auf der Straße. Ich sah in das Gesicht meines Bruders, sah die schwarzen Haare, den Bart und die Augen, seinen Mund, um den ein Ausdruck zwischen Entsetzen und Freude lag; sein rotes Hemd mit hochgekrempelten Ärmeln, als würde eine schwere Arbeit zu verrichten sein.

War das die Fahne? Fuhr mein Bruder deshalb hier, oder wollte er sich nur einen Spaß machen. Und unter welcher Fahne fuhren die Panzer? Hatte er deshalb sein rotes Hemd angezogen, wollte er sich lustig machen über sie oder mit ihr diesen Vormarsch aufhalten, der der Krieg war?

Und ich sah, wie zwischen meinem Bruder und dem Panzer, der vor ihm über das Pflaster schlug, bereits ein größerer Abstand entstanden war. Der nachfolgende Panzer blieb jetzt schon fünfzig Meter zurück. Ich sah, wie mein Bruder seinen Oberkörper aufrichtete und sich zu dem Panzer hinter sich umwandte, dessen Kommandant in einer unverständlichen Sprache schrie. Ich sah, wie der Kommandant seine Pistole aus dem Gurt riß und einen Befehl gab. Wie der Panzer anzog und auf meinen Bruder zusprang. Wie mein Bruder Gas gab und nach fünf Metern eine Vollbremsung machte. Wie Sand aufflog und die Ketten auf dem Pflaster kreischten. Wie der Panzer ins Leere stieß und mein Bruder lachte. Wie Kommandos ausgeführt wurden von unsichtbaren Fahrern. Wie eine sichtbare Fahne gegen eine graue Schlange aus Metall kämpfte, die unter einer Fahne fuhr, die unsichtbar blieb. Wie mein Bruder unter der Staubglocke verschwand. Wie die graue Schlange weiterrollte. Wie die Fahne von ihr gejagt wurde und nicht mehr zu sehen war. Wie sie besiegt schien. Wie die Panzer erneut zum Stehen kamen und Motoren leer liefen, als hätte einer Sand in sie geschüttet.

Ich griff mein Netz mit den Brötchen fester und lief, so schnell ich konnte, die Straße hinab zur Stern-Siedlung, zum Mittelweg, zum Haus meiner Großmutter.

Die Fenster des Direktors standen noch immer offen. Ich sah nach oben. Er ragte im Fenster, noch immer mit weitausgestreckten Armen, seine Hände hielten die Fähnchen aus Papier, die nicht mehr flatterten, herabhingen, als gäbe es dort oben eine Windstille. Sein Blick war leer und auf die Straße gerichtet.

Die beiden Mädchen aus meiner Klasse traf ich nicht mehr, und auch alle anderen waren verschwunden. Keiner hatte gewartet, niemand war stehengeblieben, keiner würde dabei gewesen sein, als die Fahne zu sehen war.

Meine Großmutter kam mir ein paar Schritte entgegengelaufen und hatte sich wegen meines langen Ausbleibens Sorgen gemacht. Ich lief auf sie zu und rief: Großmutter, er hat die Panzer aufgehalten! Verstehst du, mit dem Motorrad!

Ich sah, wie meine Großmutter weiß wurde wie die Wand ihres Hauses, vor dem wir standen.

Auf die von der Sonne dieses heißen Tages beschienene Mauer fielen jetzt zwei Schatten von unterschiedlicher Größe, die sich aneinandergelehnt hatten.

Mein Bruder kam am Abend wieder. Wir hörten sein Motorrad, dann schlug das Gartentor zu. Mit unvergeßlichem Klang. Mein Bruder ließ seine Maschine gegen den Holzschuppen fallen. Wir sahen ihn ins Haus kommen. Er stürzte in die Küche, schwankte ein wenig und riß sich das Hemd über der Brust auf. Sein Gesicht war schwarz. Wir sahen drei Wunden auf seiner Brust, aus denen Blut lief. Draußen auf der Straße schwoll das Klirren der Panzerketten wieder stärker an.

Die Brust meines Bruders war von drei Stichen bedeckt. Eine verirrte Wespe mußte, während er zwischen den Panzern fuhr, unter sein Hemd geflogen sein. Denn es war Sommer, ein heißer Tag, an dem meine Kindheit zu Ende ging. Es war Dienstag, der zwanzigste August neunzehnhundertachtundsechzig.

In der darauffolgenden Nacht überschritten, unter anderem in der Höhe von Vogtland und Erzgebirge, 500 000 ausländische Soldaten die tschechoslowakische Grenze.

Die Straße meiner Kindheit ist eine Pflastersteinstraße mit unbefestigtem Randstreifen und geht zu beiden Seiten in Feld über.

Dezember 1983 – Mai 1984

PSEUDONYM UND FALLBEIL

Um Kopf und Kragen: für Erich Ohser

I

Im großen Wohnzimmer mit dem ockerfarbenen Kachelofen, der sich nur von der Küche her heizen ließ, mit zunehmender Häufigkeit in der Winterzeit, regelmäßig seit Advent, das Zimmer behaglich warm, überwiegend am Sonntag Nachmittag, trieb mein Vater folgende Dinge:

Er nahm von einer plötzlichen Eingebung übermannt, die ihn jäh aus seinem roten Sessel katapultierte, mit einem Griff den dreibeinigen Nierentisch von seinem Platz vor dem Chaiselonge und stellte ihn in die Mitte des Zimmers. Dabei gab er mit einer leicht drehenden Bewegung dem breiteren Teil der Niere bereits den Vorzug Richtung Wand.

Dann ging er ohne Innehalten gegen den dunkelblattgrünen Knüpfteppich an der Wand los, riss, streckte geübt den rechten Arm, schnippte mit seinem kleinen Finger die Fadenaufhängung des Teppichs vom rostfreien stählernen Bildernagel, von dem er beim Einschlagen vor einigen Weihnachten lautstimmig kundtat, dieser Stahl hätte ewiges Leben.

Das gründunkel Geknüpfte war, regelmäßig, wiederkehrend, ein Gegenstand meiner Träume, der schlechten, die Wiese meines Schlafs, und wie auf der Vorlage, erstanden auf grünem Stoff nächtlich grünbraune Bäume, aus denen noch dunklere, schwärzliche Rehe traten, seitlich, beidseitlich und hintergründig braundunkler Strauch, sie kamen die vielen Nächte, in die Gewebe meiner Träume, und mit ihnen trat die Angst ein. Ganzjährig und treu.

Der Vater nahm den Teppich von der Wand, bei jeder seiner Inszenierungen im großen Wohnzimmer, regelmäßig zur Winterszeit, zunehmend häufig in jedem Advent, immer sonntags am Nachmittag.

Mein großer Bruder und ich wussten schon bald, daß Vater jetzt, noch bevor er die Gardinen zuzog, jetzt bei zeitig einsetzender Dämmerung, nun gleich den großen schweren Apparat aus der Küche herüber holen würde, den schwarzen Bildwerfer, die Filmmaschine zum Selberdrehen, und vorsichtig auf den Nierentisch im Wohnzimmer stellen, den Stecker in der nun völlig waltenden Dunkelheit im Zimmer lange suchen, am Ende nochmals Licht machen, den Stecker in die Dose schieben, den Film einlegen, das Licht wieder ausmachen, das weißschneidende Licht aus der Linse auf die Wand ausrichten, die Schärfe des Bildes nachregeln würde, um dann, wie immer zuletzt zu sagen: Hoffentlich haut's uns die Birne nicht wieder kaputt!

Schon mehrere Male an einem solchen Sonntag war uns diese ungewöhnliche Glühbirne durchgebrannt, sie war ungewöhnlich an Form, von einer Größe, die ich vorher nie sah, und hatte, wie Vater beiläufig erwähnte, etwas, das nur mein Bruder mit ihm noch verstand, auch meine Mutter nicht, eine Stärke von einhundertfünfzig Watt und die weitere Eigenschaft, so schnell nicht mehr wiederzubekommen, zu beschaffen, zu kaufen, also selten zu sein. Vater rief: Wenn's zu heiß wird, müssen wir aufhören, erstmal! – und legte noch ein dünnes Büchlein unter die beiden Forderstützen des Apparates, um dieses Bild an der weißen Wand, das jetzt statt des gründunkelblättrigen Angsttraumteppichs, anstelle von Bäumen, Sträuchern und den bedrohlichen Rehen, die aus einem Tundra-Nebel hervortraten, dort jetzt aufgegangen war und stahlnagellos festhing, um ein weniges nur höher zu schieben über den Horizont unseres stets überraschten Blicks, und das Bild hieß verheißungsvoll: *Vater und Sohn.*

Jahre zuvor, früher, hießen die ersten Bilder der Filme, die Vater zwischen zwei Spulen des Bildwerfers gespannt hatte und dann mit Daumen und Zeigefinger weiterdrehte, *Hänsel und Gretel, Der gestiefelte Kater, König Drosselbart* und *Schneewittchen*, und noch vorher, Ewigkeiten, und fast vergessen, aber nicht ganz, weil die Erinnerung an dieses an einem Wintersonntag abgedunkelte große Wohnzimmer, die Erinnerung an die Atmosphäre dieses Bildes, auch die an die Wand gestrahlten Bilder in unserer Erinnerung wieder aufrief, aufscheinen ließ und von dort in uns zurückstrahlte aus einer Zeit, da mein Bruder und ich noch sehr jung gewesen sein müssen: *Die Geschichte vom Teddybär.*

Aber in den letzten Jahren, die Winter hindurch, waren es *Vater und Sohn*, ein *anderer* Vater und ein *anderer* Sohn, die immer häufiger an der vom Licht weiß ausgeschnittenen Wohnzimmerwand aufleuchteten und unser Interesse und die Begeisterung *unseres* Vaters fanden, und daher bald *Teddybär fährt Schlitten, Teddybär hat Geburtstag* und *Weihnachten mit Teddybär*, vielleicht die Jahre der Unschuld, ablösten. Denn in den Geschichten um *Vater und Sohn*, erkannten wir uns, erkannten wir, trotz der keineswegs zurückhaltenden Beteiligung, die wir den Streichen der beiden anderen, fremden Gestalten, zuteil werden ließen, unseren Vater mit uns und wir mit ihm, ihn und uns, nicht. Im Gegenteil, den Vater der Bilder an der Wand vor Augen, erkannten wir um so mehr den Unterschied zum eigenen, wo *dieser* das Staunen über seinen Sohn trug und durch ihn neu erlernte mit fürsorglicher Geduld, also *seinen* Wesenszug, hatte *unserer* die Strenge und den Jähzorn. Am Ende wussten wir uns nicht einmal zu erklären, was *unser* Vater mit den Geschichten um *Vater und Sohn* gerade *uns* denn eigentlich sagen wollte. Vielleicht seine Sehnsucht.

Wie es sein könnte mit uns. Und ihm. Wie es sein müsste. Denn er war es mit Sicherheit nicht, über das Äußere weit hinaus, der solche *väterlichen* Streiche beging, *mit*beging mit dem Sohn, bestaunte, erstaunt und verwundert ertrug, beteiligt an dessen Streichen: die des Sohnes. Unser Vater leistete sich gewöhnlich eigene, lediglich in Bezug nur auf sich selbst, an denen wir nicht beteiligt wurden außer als *Opfer*, die nach ihrem Erstauntsein nicht mehr befragt wurden, und rollte eines Tages den Knüpfteppich, den leuchtend hellen dickfasrigen rot-schwarzen, unter dem Fernsehtisch zusammen, ließ uns an der Wand hängen den dunkelbedrohlichen und zog in eine andere Stadt zusammen mit einer siebenundzwanzig Jahre jüngeren Frau. Aber wir staunten nicht lange. Und vermieden Besuche, sahen bald nicht mehr nach ihm. Geblendet jäh von den bleichen Wänden einer ungewissen Zukunft, die er uns hinterließ.

Dann, nochmals wenige Jahre danach, inzwischen latent zynisch und in einer Freundesrunde samstags am Kneipentisch, die meisten davon älter als ich, beschlossen wir mehrere Male, heraus aus einer Langeweile pur, meinen Vater mit seiner jungen neuen Frau in der Nacht zu besuchen. Aber es war etwas anderes damit gemeint, und wir lachten ein anderes Lachen. Über meinen Vater.

II

Im Jahre 1994 war ich Mitgründer und wurde dann einer der beiden Redakteure der in Dresden erscheinenden *Zeitschrift für Literatur und Kunst* „Ostragehege“.

Bald darauf rezensierte ich in diesem Blatt (vor allem aus einem eigenem Interesse heraus) das Buch des in Meerane lebenden Schriftstellers Wolfgang Eckert „Heimat, deine Sterne ... Leben und Sterben des Erich Knauf. Eine Biografie"[1]. Knauf, der seit 1922 in Plauen eine Anstellung als Kritiker bei der sozialdemokratischen „Volkszeitung für das Vogtland" hatte, befreundete sich dort auch mit dem Karikaturisten Erich Ohser, dem späteren Schöpfer der Zeichnungen von *Vater und Sohn*, die er unter dem Pseudonym „e. o. plauen" veröffentlichte.

Ich schrieb in der Rezension zum Buch:

„1934 wird Erich Knauf wegen eines Spottgedichts auf Goebbels für einige Monate in das KZ Oranienburg eingeliefert. Der Text des Haftbefehls lautet: ‚Da Sie in Ihrem Artikel über die Staatsoper weit über das Maß der Kritik hinausgegangen sind und dadurch eine erhebliche Erregung bei der Bevölkerung hervorgerufen haben, werden Sie zu Ihrem eigenen Schutz bis auf weiteres in Schutzhaft genommen'. Der Rezensent kennt diesen Ton, die Sätze mit den merkwürdigen Doppelungen, seine Bewerbung zu einem Germanistikstudium scheiterte 1979 an dem Satz: ‚Eine parteiliche Haltung zu unserer Partei ist nicht ersichtlich'. So geht es immer los, und der rezensierende Autor hat sich erlaubt, Wolfgang Eckerts Buch auch unter diesem Aspekt weiterzulesen, unter dem *Diktaturprisma*, und er ist auf die Frage gestoßen, ob ein Schriftsteller oder anderweitig Begabter denn *unbedingt* und unter *allen* politischen Umständen in seiner Zeit öffentlich anwesend sein muß, immer ein bißchen auch in der Nähe der Macht. Und verweist auf die beschämend gähnend-leeren Schubladen einer möglichen, substantiell kritischen Literatur am Ende beider deutscher Diktaturen und hinterfragt die Existenz oder den Sinn einer sogenannten ‚Inneren Emigration', deren Ergebnisse jeweils halbes Mitmachen und besagte Schubladen waren. Erich Kästner ‚darf' unter Pseudonym das Drehbuch zum Film ‚Münch-

[1] Wolfgang Eckert: *Heimat, deine Sterne ... Leben und Sterben des Erich Knauf – eine Biografie*, Chemnitz 1998

hausen' schreiben, Erich Ohser ‚muß' solch ein Pseudonym annehmen, ‚e. o. plauen' ist nicht freiwillig gewählt.

Erich Knauf, aus dem KZ wieder entlassen, wird Leiter des Pressedienstes der *Terra Filmkunst* und schreibt Liedtexte zu Filmen wie ‚Quax der Bruchpilot', ‚Junge Herzen' und ‚Fronttheater'. In letzterem das Lied ‚Heimat, deine Sterne', das auch selbständig ein Erfolg wird und auf der Wunschliste beim *Großdeutschen Rundfunk* auf Platz eins steht. Zitat: ‚Ein Kampfgebet, ein Losungswort, / Ein Marschbefehl von Ort zu Ort: / Kamerad, es geht um die daheim'. – Wenige Monate später werden Erich Knauf und Erich Ohser durch den Hauptmann der Reserve beim Oberkommando der Wehrmacht namens Bruno Schultz, einem Fotografen und Künstler, an die Gestapo denunziert.

Am 2. Mai 1944 wird Erich Knauf durch das Fallbeil sterben, Erich Ohser erhängt sich in der Nacht vor dem Prozeß in der Gefängniszelle."[2]

III

Ich habe angefangen zu suchen. Zuerst suchte ich in meinem Kopf die Erinnerungen, an Vater, und an *Vater und Sohn*, doch sie blieben jäh stehen mit dem Ende der Kindheit, ohne sich aufzulösen, rissen ab und hinterließen manchmal noch dieses und jenes Rätsel, aber dann mit einem Mal einer Eingebung folgend, begann ich, in den Dokumenten der Zeit zu suchen. Jener Zeit. In den Zeiten von Vater und *Vater und Sohn.*

Wo bleibt die deutsche Karikatur? Von Dr. Hans H. Schwalbe (Berlin)

... Seit Jahr und Tag erscheinen wissenschaftliche Arbeiten und Dissertationen, die eindringlich ihre Notwendigkeit und Nützlichkeit hervorheben. Seit Jahr und Tag bringt schließlich auch die „Deutsche Presse" auf der Seite des Pressezeichners schlagende Karikaturen, um durch das Beispiel anzuregen – die Hauptschriftleiter deutscher Zeitungen scheinen taub auf diesem Ohr!

Aber sind sie etwa noch der Meinung, daß Karikaturen dem Ernst und der Würde ihres Blattes abträglich seien? Verfällt man wieder in die Lethargie der Vorkriegszeit, in der es „anstößig" und „unvornehm" war, ein deutliches und

[2] *Ostragehege Zeitschrift für Literatur und Kunst*, 5. Jahrgang, Heft 13, Dresden 1998, S. 69

klares Wort zu sagen? Einseitigkeit und stärkste Mittel gehören nun einmal, wie zu jeder Propaganda, so auch zur Karikatur. Wer das auch heute nicht zu sehen vermag, dem ist eben nicht zu helfen, der wird auch weiterhin die Bedeutung der Karikatur als einer Waffe im Kampf um die Meinungs- und Willensbildung des Volkes verkennen.

Man hat behauptet, die Karikatur wende sich leider besonders an „niedere" Instinkte. Das ist bis zu einem gewissen Grade nicht einmal falsch. Allerdings nur, sofern man diese „niederen" Instinkte nicht einer bestimmten Schicht des Volkes, sondern dem Menschen allgemein in allen Schichten zuordnet. Es ist nun einmal eine Binsenwahrheit, daß Schadenfreude oft die reinste Freude ist. Und die Schwächen des lieben Nächsten waren von jeher die besten Zielscheiben für die Bosheit und den Spott des freundlichen Nachbarn. Persönliches interessiert das Publikum immer mehr als Grundsätzliches.

Doch das Eingehen der Karikatur auf solche sog. niederen Instinkte ist ja im Grunde nur ein scheinbares. Wohl stellt sie sich mit ihren Mitteln ganz auf die Mentalität ihrer Betrachter ein, doch nur, um sie mit ihrem Inhalt desto wirksamer zu packen. Der Mensch will die Gewissheit haben, nicht daß ihm etwas aufgepfropft, sondern im Gegenteil, daß nur gesagt wird, was er selber fühlt. Je schärfer die Karikatur die allgemeine „Stimmung" wiedergibt, je deutlicher sie zeigt, nicht was, sondern wie man im Volke denkt, desto größer wird ihr Echo sein ... „Caricare", das frühitalienische Wort, heißt schließlich nicht nur „übertreiben", es heißt - laut Lexikon - genau so „stürmisch angreifen" ... Die Karikaturen der feindlichen Propaganda im Weltkrieg und die scharfen Karikaturen der nationalsozialistischen Erhebung von 1933 haben deutlich genug gezeigt, daß das Publikum nicht nur bis zur äußersten Aggressivität mitzugehen bereit war, sondern daß es um so lebhafter Anteil nahm, je schärfer der Kampf wurde.[3]

Das stand 1937 in der „Deutschen Presse", der Zeitschrift des Reichsverbandes der Deutschen Presse – die *deutsche* Presse wird bald diesem Ver-

[3] *Deutsche Presse*, Zeitschrift des Reichsverbandes der Deutschen Presse/Zeitschrift für die gesamten Interessen des Zeitungswesens, 27. Jahrgang, Nr. 23 vom 7. August 1937, S. 351-53, Berlin 1937

langen *folgen*, nicht: *nachgeben*. Der Zeichner von *Vater und Sohn*, noch bis 1936 unter Berufsverbot stehend, wie man weiß, der mit dem eher sozialdemokratischen Hintergrund wie auch sein Freund Erich Knauf, wie man weiß, wird dem Verlangen nachgeben, auch folgen, wenn er wieder *darf*, wenn auch er wieder eingebunden ist, das Arbeitsverbot als Zeichner aufgehoben, er wird es tun, wie man weiß. *Dr. Goebbels* braucht zwei Jahre später mit dem Anzetteln des Krieges (nicht: *Ausbruch*) auch diesen, auch Erich Ohser, der wenige Jahre zuvor eben wegen eines künstlerischen Angriffs auf Goebbels seine Arbeit verlor, als Künstler in diesem „Reich" nicht mehr existent sein durfte. Goebbels hatte in Heidelberg studiert, war ein gescheiterter Autor, bis ihn Hitler 1926 nach Berlin, den kaltschnäuzigen redefähigen Rheinländer in die Weltstadt mit Schnauze holte, um den Roten *die Straße* für die Nazis propagandistisch abzunehmen. Mit der Sprache, die dem Volk von den Lippen abgenommen wurde, Goebbels, selbst aus kleinen Verhältnissen, hat ihm aufs Maul geschaut, war selbst einer von ihnen, was allerdings in Deutschland damals hieß, sprachlich weitab von der Moderne zu sein: auch deshalb also dieses Nibelungen – Pathos. Nicht die klare Struktur des deutschen Juden aus Prag, sagen wir Franz Kafka, oder der unterkühlt erotisch – disziplinierte Duktus Hemingways in „A Farewell to Arms". Goebbels bleibt nur germanisches Pathos, anderes steht ihm nicht zur Verfügung. Die kleinen, die sozialen Verhältnisse diktieren in Deutschland auffallend die Armut der Sprache. Das gilt auch für politisch Andersdenkende, auch für die mit Massenauflagen und Bekanntheitsgraden, Beispiel Remarque. Aber wo man studiert hat, fährt man gern noch mal hin, zumal wenn es der Neckar ist. Und was hat das mit Erich Ohser zu tun:

Der geistige Arbeiter im Schicksalskampf des Reiches (Eine Rede Goebbels vor der Heidelberger Universität)

Ich bin der Letzte, der nicht das Wort zur Kritik erhebt, wo Kritik geboten erscheint. Kritik aus einem höheren Verantwortungsgefühl heraus hat ihre Berechtigung, aber auch hier sollte sie sich nur zum Ziel setzen, das weniger Gute und Überlebte durch das Gute und erprobte Neue, das Gute aber durch das Beste zu ersetzen. Wenn wir mit Verachtung von den Degeneraten eines hohlen Intellektualismus sprechen, so meinen wir damit eine Art von Halbbildung, die nur selten an deutschen Universitäten Platz gefunden hat. Sonst aber weist doch die Geschichte unserer hohen Schulen der Beispiele genug auf, daß Männer des Geistes, bis dahin nur in der Stille der Studierstube oder des Laboratoriums wirkend, in den großen Notzeiten des Vaterlandes ihre Stimme erhoben und ihren Studenten voran der ganzen Nation ein leuchtendes Beispiel kämpferischer politischer Pflichterfüllung gaben. Wo wäre mehr Gelegenheit dazu gegeben als in diesem Kriege, der das deutsche Volk vor die letzte Schicksalsprobe stellt! Durch eine Revolution zur Gemeinschaft verschmolzen, muß es nun die Thesen, Lehren und Errungenschaften seines neuen Lebens in einem gigantischen Kampf verteidigen. Mit einer Härte ohnegleichen fällt das Schicksal über uns herein; und wer wüsste nicht, daß, wenn wir ihm gegenüber versagten und unter seinen Schlägen den Mut verlören, damit auch alles verloren wäre!

Das ist eine Sache, die jeden angeht. Die Revolution hat in einem großen Umschmelzungsprozeß die Unterschiede zwischen den Klassen und Bildungsstufen unseres Volkes beseitigt. Je länger der Krieg dauert, desto mehr macht er uns alle gleich. Wir werden ihm eines Tages Auge in Auge gegenübertreten, und dann müssen wir beweisen, daß wir zum Letzten entschlossen sind, um das Höchste zu erreichen ... Dieser Krieg ist ein Volks- und Rassekrieg. Er fordert eine ganze Entscheidung. Man darf nicht glauben, ihm durch faulen Kompromiß entgehen zu können. Er stellt uns vor alle nur erdenkbaren Schwankungen und Wechselfälle seines Glücks, und die Göttin des Sieges wird sich erst dann zu uns herniederneigen, wenn wir alle uns von ihr zugedachten Prüfungen bestanden haben. Das Leben der Völker ist wie das Leben der Menschen ein ewiger Ausleseprozeß, und wer dabei ausgeschieden wird, der zerfällt zu Staub und Asche. Die größten Leiden eines Volkes sind auch seine größten Chancen. Es mag schon sein, daß dieser Krieg, wie der Führer in seiner Proklamation vom 30. Januar sagte, an seinem Ende nur noch Überlebende und Vernichtete sehen wird. Jenen winkt dann die Zukunft und der ewige Ruhm, diesen gilt nur das Wort: Wehe den Besiegten![4]

IV

Die Nibelungen betreten das Zwanzigste Jahrhundert. Und wirken sofort antiquiert. Aber die Masse. Aber nicht auf das Volk. Aber die Moderne. Die Moderne in Deutschland. Mit dem Kriemhild-Pathos hat Goebbels den Kommunisten erfolgreich *die Straße* abgenommen, aber findet *die Geburt der Moderne* auf der Straße statt? Was lasen die kleinen Leute in Deutschland? Die frühen Romane eines Joseph Roth, Leonhard Franks *Der Mensch ist gut*, Berta von Suttners Klassiker *Die Waffen nieder* und Bestseller wie *Im Westen nichts Neues*. Das auch, ja. Aber vergleicht man die Auflagenzahlen in den Zwanzigern, die schließlich in Deutschland verkauften Titel, stößt man unweigerlich auf die „Literatur" des sogenannten *soldatischen Nationalismus*, sagen wir Erich Rommel, Krafft von Dellmensingen und Friedrich Weber, und man stellt fest, daß diese in der heutigen erinnernden Zuweisung zu den zwanziger Jahren nicht gehandelten Namen, in absoluten Zahlen ein ähnliches Interesse fanden wie diejenigen Autoren, die unsere Erinnerung etabliert hat. Helmut Schittenhelms *Wir zogen nach Friaul*[5], Josef Magnus Wehners *Sieben vor Verdun*[6] und vor allem Gunther Plüschows *Die Abenteuer des Fliegers von Tsingtau*[7] (das auch Ohsers Sohn Christian mit Begeisterung las, wie er 1942 dem Vater aus Hindelang mitteilt) erreichten und übertrafen in Einzelfällen sogar die Auflagen von *Im Westen nichts Neues*[8].

Und später, die modernen Mittel, die technischen Errungenschaften, der Film. Heinz Rühmann in *Die Feuerzangenbowle*, *Sieben Jahre Pech*, *Sieben Jahre Glück*, der schon angesprochene *Quax*, der Bruchpilot. Das Interieur. Die Städtchen, die Plätzchen, die Zimmerchen, die Frauchen,

[4] *Dr. Joseph Goebbels: Der geistige Arbeiter im Schicksalskampf des Reiches, Rede vor der Heidelberger Universität am Freitag, dem 9. Juli 1943*, München (Zentralverlag der NSDAP, Franz Eher Nachf.), 1943, S. 20-22

[5] Helmut Schittenhelm: *Wir zogen durchs Friaul*, Stuttgart (Thienemann) 1942, mit dieser Auflage 36. -39. Tsd.

[6] Josef Magnus Wehner, *Sieben vor Verdun*, München (Langen/Müller) 1944, mit dieser Auflage 161. -170. Tsd.

[7] Gunther Plüschow: *Die Abenteuer des Fliegers von Tsingtau*, Berlin (Ullstein) 1916, erreichte das 600. Tsd.

[8] Erich Maria Remarque: *Im Westen nichts Neues*, Berlin (Propyläen) 1929, erreichte das 625. Tsd.

die Studenten: linsenreines Mittelalter. Die Städte, Blumentopf – Studentenbuden und staubfreie Fräuleins, der Intellektuelle und die Manieren, die Rühmann-Birne mit Brille, die joviale Witzigkeit, am Ende der Feuerzangenbowle die weise Selbstvorstellung: Dr. Sowieso, Autor mehrerer Bücher, Träger eines Literaturpreises. Aus Berlin. Ein Mann jedoch, und daran lassen diese Filme keinerlei Zweifel, der (damaligen, der Dreiß-Sieger-Jahre-) Gegenwart, den es in eine süddeutsch – mittelalterlich skizzierte Weingegend verschlug, ein deutscher Hans-im-Glück. Nur noch zum Kotzen. Man kann gar nicht soviel fressen.

– Ist man Autor, verfällt man in den vielleicht nicht opportunen Gestus, auch bei einem eher literarisch-wissenschaftlich angelegten Essay (was ja im Altgriechischem nichts anderes heißt als Versuch) einfach hin und wieder *ich* zu sagen: Ich, sage *ich* also, kenne sie. Die Rühmann-Intellektuellen-Birnen sind mir alle schon begegnet. Jahrzehnte danach. 1990 nach dem Fall der Mauer hatten sie ihre Wartejahre oder Beteiligungsjahre, oder meist die Mischformen von beiden, in den zerfallenden Vorstädten, sagen wir jetzt Berlin, Leipzig oder Dresden zusammen mit ihrer Gefolgschaft abgesessen am jeweiligen Ofen, der manchmal schlecht geheizt war, das gebe ich zu, um nun mit den von ihnen angesammelten und in Abgeschiedenheit errungenen Erkenntnissen an der Erbauung der neuen Welt teilzunehmen, am neuen Leben. Und ich rede jetzt keinesfalls von den staatstreuen, den Fürkämpfern und Dozenten der Diktatur, ich rede von denen, die zu einem gewissen Zeitpunkt, vor Jahrzehnten, den Jahren unserer gemeinsamen Jugend – *wie ich* – waren, warum soll ich es nicht so nennen, die wir einen gemeinsamen Hintergrund hatten, die einen eher ethisch und auch kirchlich orientiert, die Reiner Kunze lasen und die anderen kämpferisch frühmarxistisch fäusteballenden anarchistischen, die auf Wolf Biermanns *Warte nicht auf bessre Zeiten!* standen und zum Jazzfest nach Warschau fuhren in jedem Oktober, um dort vor allem französische *Gauloises* zu rauchen, die mit den vergammelten Bärten – wie *ich* sie rauchte, wie *ich* einen hatte, wie *ich* auch war, ich rede von denen, die *meine Leute* waren. Und von denen ich 1990 dachte, als ich aus meinem Westberliner Exil zurückkehrte, natürlich denken musste, daß sie es immer noch seien, die Künstler geworden waren und/oder Bürgerrechtler. Sie hatten nicht bedacht, daß *Leben* sich nicht austricksen lässt, sich, wenn man sich ihm über Jahre bewusst entzieht, sich ihm willentlich verweigert, daß *Leben* sich rächt. Auch gerade denen gegenüber, die sich für Mischformen ihrer Existenz entschieden hatten – aufmüpfig-feige, festes Glied in der sozialistischen Gesellschaft zumindest beruflich, sagen wir Ingenieur, mit frechen Reden am abendlichen Kachelofen, die Stasi-Aktenlage nach 1992 stimmt auch, alles verzeichnet, was sie dort redeten, die Widerständischen. – Aber etwas hatten sie verpasst, wenn man es mit gebräuchlichen Worten sagen will, sie haben nichts weniger verpasst, *meine Leute*, als die Moderne, die Moderne natürlich unserer Generation, sie waren trotz ihrer oft und oftmals und überwiegend aufrechten Haltung, angesprochen sei auch das Thema der Angst, ihre und die meinige, sie waren trotz allem zu *Opfern* geworden, die einstmals besten Leute meiner Generation. Opfer dieser Diktatur, in die wir uns hineingestellt sahen: unsere Zeit. Unsere Lebenszeit, die wir zu leben haben. – Denn Diktatur –– nivelliert – zersetzt – brennt aus – verkehrt – frisst – alles Leben!

Was hat das mit Erich Ohser zu tun?

Denn meine Leute, diese Generation, blieb einig, hatte sich in *dieser Zeit* untereinander geeinigt, darauf: es war mehr als eine Kinder-Puppe kaputtgegangen in 60 Jahren Diktatur – aber der Versuch sei es wert gewesen – alle Facetten von sozialistischer Gesellschaft seien die bessere Variante von Leben – *Beim nächsten Mal wird alles anders* stand 1990 am bronzenen Marx-Engels-Denkmal in Berlin – *wir* sind die Leute, die Geschichte schrieben auf der Straße mit einer friedlichen Revolution – aber das andere das jetzige das neue wollten wir nicht – was ist ein Autor wie Alexander Solschenizyn gegen Christa Wolf und Volker Braun – Biermann, Fuchs und Kunze: olle Kammellen!

– Das Gift der Ideologie war in ihnen. Lebenslang. Sie waren in der Diktatur geblieben. Behielten den Wohnsitz in den verfallenden Vorstädten. Hielten die Treue. Sie blieben zu Hause – *im falschen*, wo es *kein richtiges Leben gibt* (sagt Adorno).

V

Zu Hause im falschen, wo es nur verordnetes, befohlenes Leben gibt – und *verführtes Denken* (Czesław Miłosz). Gerade für den Künstler. Der mit Berufsverbot belegte *Könner und Künstler* Erich Ohser wird integriert. Es ist Not am Mann, ausgezeichnete Karikaturisten sind Mangelware, es wird sich erinnert an den ehemals äußerst publiken Zeichner von *Vater und Sohn*. Gute Karikatur scheint besonders selten zu sein, und es ist zu bedenken, daß dies eine Zeit war weitab des visuellen Zeitalters, das Auge also ständig unterversorgt war und damit ein allerwichtigstes, zu bedienendes Sinnesorgan, daß in den Jahren ab etwa 1937 eine ganze Artikelserie losgetreten wird, die sich in Aufrufen und vergleichenden Betrachtungen dem Thema widmet:

Die Zeichnung als publizistisches Kampfmittel

Letztes Ziel aber ist die politische Wirkung: den Leser zu unterrichten und zu überzeugen ... Es ist sozusagen ein weites Feld, das hier noch der Bestellung harrt. Könner und Künstler werden gewiß Anregungen ihrer Berufskameraden aus den politischen Schriftleitungen gern annehmen und ihnen mit dem Zeichenstift Gestalt und Wirkung geben. Darum heißt die Losung für 1940: Pressezeichner und Karikaturisten an die Front![9]

Die *Front* wird für Erich Ohser die Zeitschrift *Das Reich*. Vorzeigeblatt der nazistischen „Intellektuellen" und Integrationsinstrument für das geistige Bürgertum. Das publizistische Flaggschiff und ein Lieblings- und Hätschelkind von Goebbels, wo dieser zugleich auch Steuermann spielt, für jede einzelne Nummer selbst leitartikelt und ein kräftiges Honorar dabei einstreicht zusätzlich zum Ministerposten – eines der Themen, dessen sich Ohser und Knauf im Luftschutzkeller annehmen werden, der fotografierende Denunziant, Hauptmann der Reserve Schultz, schreibt

[9] *Politische Karikaturen. Die Zeichnung als publizistisches Kampfmittel, Deutsche Presse*, 1940, Autor Dr. Hans Hennigsen, S. 8

im Kopf mit und schließlich alles auf, schwarz auf weiß, auch dieses Gespräch über Goebbels wird den Beiden den Kopf kosten.

Es ergab sich von selbst, daß alle die Zeitschriften, die sich die Pflege und Förderung der Karikatur im Rahmen ihrer publizistischen Aufgaben von jeher angelegen sein ließen, mit Kriegsbeginn ihre ganze Wirksamkeit auf die neuen, nunmehr das ganze Volk verpflichtenden Aufgaben einstellten. Mit treffenden – den Gegner im wahrsten Sinne des Wortes treffenden – politischen Zeichnungen, die oft ganze Seiten füllten, kommen sie heraus und entwickeln die Karikatur zu einer der gefährlichsten und gefürchtesten Waffen der Gegenwart. Der Erfolg ist außerordentlich. Denn man darf das nicht vergessen: tiefer als der gelegentlich gebrachte photographische Bildbericht sitzt die mit wenigen gekonnten Strichen hingeworfene Karikatur, die nun die Eigenarten des Dargestellten, auch seine Charaktereigenschaften, wie Niedertracht, Hinterlistigkeit, Verlogenheit, Machtgier, mit einem Blick erkennbar werden lässt ... Die Wirkung ist besonders stark bei Beschauern, denen die Karikatur nicht durch lebenslängliche Gewohnheit zur Selbstverständlichkeit geworden ist. So hat sich das nationalsozialistische Deutschland stets davon ferngehalten, die führenden Staatsmänner anderer Nationen durch politische Zeichnungen irgendwie lächerlich zu machen oder sonst wie herabzusetzen. Unsere Presse stand damit allerdings ziemlich vereinzelt in der Welt da. Sie hat keine Veranlassung, an ihrem Grundsatz festzuhalten, wenn es diesen selben Staatsmännern plötzlich einfällt, offen zuzugeben, daß sie ihre Lebensaufgabe in der Vernichtung Deutschlands erkannt haben und danach handeln. Und heute trifft die Karikatur den Gegner mit der ganzen zur Verfügung stehenden Schärfe. (Zeitschriftenverleger, 15. 5. 1940)[10]

Die Anwendung der Karikatur im politischen Leben des nationalsozialistischen Staates zeigt, daß sie in demselben Maße geringer wurde, wie sich die deutschen Menschen zur großen Volksgemeinschaft zusammenschlossen. In dieser Volksgemeinschaft übernahm nun die nationalsozialistische Kampfzeichnung die Aufgabe, an die positiven politischen Kräfte zu appellieren. Die Karikatur dagegen

[10] Politische Karikaturen auch in der Fachzeitschrift?, *Zeitschriftenverleger*, 1940, S. 155

übernahm die Glossierung und moralische Vernichtung der Feinde des Nationalsozialismus. Diese Aufgabe war an dem Tage beendet, an dem innerpolitische Feinde nicht mehr vorhanden waren. Stattdessen war sie eine willkommene Helferin im Kampfe gegen das plutokratisch-jüdische Vernichtungssystem der westlichen Demokratien. Hier konnte man die Waffe gegen diejenigen gebrauchen, die sie selbst bis zur höchsten „Virtuosität" entwickelt hatten. Der Krieg hat der politischen Karikatur einen neuen Auftrieb gegeben. (Kieler Blätter, 1.12.1940)[11]

Und Erich Ohser an der *Front*, und nicht im Graben, sondern am Schreibtisch und Zeichentisch für Goebbels' *Das Reich* ab Juni 1940. Fast ist man geneigt, an dieser Stelle auszurufen: Möge Gott seiner armen Seele und seinem reichen Talent beistehen, wäre er doch *Droschkenkutscher in Berlin* geworden! – wie er verzweifelt über sich selbst schreibt.

Aber so kam es nicht.

Wie man weiß. Erich Ohser hat als Könner und Künstler all den vorher ausschnittsweise und pars pro toto zitierten Forderungen der nazistischen Propaganda entsprochen (monatelang, ja über Jahre hämmerten die Forderungen nach einer eigenständigen nationalsozialistischen Handschrift auf dem Gebiet der Karikatur auf die von ihr angesprochenen Zeichner und Graphiker ein, auf die, die sich ansprechen ließen). „Die bulgarische Karikatur"[12], „England in der französischen Karikatur"[13], „Witz und Karikatur in der italienischen Presse"[14], „Die politische Karikatur auf England"[15]: Die nazistische Presse stellte klare Forderungen und lieferte selbst die Beispiele und Vorlagen. Deren befohlene Ästhetik hat auch Erich Ohser bis ins Detail bedient. Die

[11] *Die Karikatur im Dienste der feindlichen Kriegspropaganda Von Dr. Fritz Ihlenburg, Kieler Blätter* vom 1. 12. 40, Neumünster (Holstein) 1940, S. 315/16

[12] *Die bulgarische Karikatur, Bulgarienwart*, Nr. VIII, 1940, S. 15

[13] *England in der französischen Karikatur. Zu einem Buche von Enrico Gianeri, Deutsche Presse*, 1940, Autor Dr. A. Dresler (siehe auch Anmerkung 14), S. 200-03

[14] *Witz und Karikatur als Waffe der italienischen Presse, Deutsche Presse*, 30. Jahrgang Nr. 16, 3. August 1940, Autor (Reichshauptamtsleiter) Dr. Adolf Dresler, S. 153-55

[15] *Die politische Karikatur auf England, Deutsche Presse*, 1939, Autor Dr. Richard Biedrzynski, S. 385-87

Roosevelt, Churchill und Stalin mit dem ihm gegeben hohen Talent eben diesen Forderungen entsprechend klug karikiert. Kongruent den befohlenen Ansprüchen der Nazi-Journaille gedient, sie bedient. Man kann es auch sanfter ausdrücken. Aber wer das Grundsätzliche dieser persönlichen Entwicklung des Künstlers nicht sehen will, muß blind sein. Wer, vielleicht zurecht verstört über den moralischen Absturz des von ihm wegen *Vater und Sohn* noch immer hochverehrten Zeichners, in dessen politischen Karikaturen seit dem Beginn seiner Arbeit bei *Das Reich* gutwillig übersehen will, daß Ohser auch ästhetisch nichts mehr liefert als Plagiat und vorgegebene Muster illustriert, irrt. In der Regel vierzehntägig lieferte Ohser seit 1940 seine Werke für *Das Reich*, quantitativ sein Hauptwerk, über 800 Vorlagen, in denen manchmal noch Elemente seines Talents aufblitzen und sich fortsetzen, auch das *Goyeste* (abgeleitet von Francisco Goya), wie es ihm gelegentlich heute manchmal noch bescheinigt und zugebilligt wird, aber das bleiben Ausnahmen, zumal Ohser den Verstümmelungen seiner Vorlagen in *Das Reich* durch den Abdruck dort *en miniatur* offensichtlich vollständig gelähmt zusieht und der brutalen, eben ästhetischen Schändung seines Werkes, auch noch an dieser Stelle, nicht widerspricht, nichts entgegensetzt. Kein einziges *Nein*. Am Ende bleiben die durchlaufend makabren ideologischen Einlassungen. Denn spätestens, nach dem die ehemals höchstprivate Schöpfung Erich Ohsers *Vater und Sohn* untertitelt mit ... *wer dem Führer am 29. März seine Stimme gibt, hilft ihm weiterbauen!*[16] Hand in Hand ein Wahllokal betreten, ist die gewollte, mit Ureigenem versehene und freiwillig inszenierte Selbst-Instrumentalisierung von Erich Ohser für die Nazis geleistet und unverstellt kenntlich. Unvergeßlich und tief schmerzend wirkt daher Ohsers sichtbar kalter Zynismus auf denjenigen Liebhaber-Betrachter, der heute seine Zeichnungen aus der Zeit seit 1940 zum ersten Mal sieht und eben *nur* die Vater-Sohn-

[16] Wahlaufruf der Belegschaft des *Deutschen Verlages f. Politik und Wissenschaft*, 1936, zitiert nach *Erich Ohser - e. o. plauen (1903-1944) Der politische Zeichner*, Katalog zur Ausstellung vom 27. 11. 2004-20. 2. 2005, Herausgegeben vom Kulturbetrieb Plauen, Vogtlandmuseum, Plauen 2004, S. 25 u. 26/27

Zyklen als Kindheitserinnerung im Kopf mit sich trägt; z.B. in einer Serie für die damalige *Berliner Illustrierte Zeitung*: „Die Wahrheit über die Athenia“[17], ein sofort bei Kriegsbeginn von deutscher Marine versenktes englisches Passagierschiff – Ohser zeichnet vermeintlich witzig die möglichen Ursachen für deren Untergang (des Schiffes und Tausender Zivilisten) – drei nackte Sirenen lenken den englischen Kapitän ab, der auf ein Riff fährt, oder der Bart eines deutschen Kapitäns verfängt sich in der Schiffsschraube und zieht es hinab, oder ein Walfisch schießt mit einem Torpedo ... genauso beginnt auch der Untergang des Menschen und Künstlers Erich Ohser.

Als Anti-These zu einigem weiter oben Gesagten (Erich Ohser sei in den engeren Kreis der Mitarbeiter für *Das Reich* vor allem und ausschließlich wegen seiner künstlerischen Qualitäten aufgestiegen): Er hat sich zugleich bei Kriegsbeginn eben mit dieser zynischen Einlassung, mit *seiner* „Wahrheit über die Athenia“, die Eintrittskarte für seine anschließende Arbeit bei *Das Reich* verdient. Ab diesem Zeitpunkt war klar: Ohser wird funktionieren und für die Nazi-Presse von Nutzen, nutzbar und nützlich sein.

In seiner neuen Stellung steigt Ohser ab nun auf vom landläufig bekannten, behaglich-familiären Zeichner einer eher häuslichen bürgerlich-biederen Atmosphäre, – warum soll ich es nicht so nennen: zum aktiven Kriegs-Teilnehmer. Auf Seiten der Nazis. Ohser belügt sich und will glauben: auf Seiten Deutschlands. Er verdient so viel Geld wie (zum Beispiel) der Vorsitzende des Gerichtshofes Roland Freisler, fährt nun regelmäßig als Vertreter Deutschlands (zum Beispiel) nach Venedig, stellt dort im Frühjahr 1942 auf der Biennale zwölf seiner Karikaturen aus; der leitende Koordinator für die deutschen Beiträge ist kein anderer als Professor Adolf Ziegler, derselbe, der 1937 die Eröffnungs- und Grundsatzrede zur berüchtigten Ausstellung „Entartete Kunst“ hielt. Dieser hat nun Erich Ohser für *tauglich* befunden, ihn und die Zeichnungen ausgewählt, Ohser als Repräsentanten seines Landes und seine

[17] *Die Wahrheit über die „Athenia“ Berichtet von E. O. Plauen, Berliner Illustrierte Zeitung*, Nr. 39 vom 28. 9. 1939, S. 1604

Kunst als repräsentativ für das *Deutsche Reich* (so heißt es im Ausstellungskatalog, nicht: *Deutschland*). In Professor Zieglers Krieg und dem der Nazi-Ideologie gegen die „Entartung der Kunst", was nichts anderes heißt: gegen die Moderne. Ohsers größter Ruhm fällt auch augenscheinlich zusammen mit der größten geografisch-strategischen Ausdehnung des deutschen Heeres. Während Ohser im Oktober 1942 auf einer ganzen Seite in der *Berliner Illustrierten Zeitung*[18] über seinen Venedig-Aufenthalt zeichnerisch witzelt, – bereits im Frühjahr war er zur Biennale dort, im Herbst wieder anwesend beim Filmfest zusammen mit Hans Albers zur Aufführung von Goebbels filmischen Lieblingsprojekt „Münchhausen" – ziehen deutsche Truppen, Angriffstruppen, gegen Stalingrad und Al Alamein, der siegreiche Oktober eines in den Abgrund taumelnden Deutschland.

Beinahe skurril daher und zumindest unfreiwillig komisch vor diesem Hintergrund wirkt der bereits mehrmals erfolgte und vielleicht gut gemeinte Versuch zu Ohser (gutgemeint ist übrigens das Gegenteil von Kunst, wie Karl Krauß schon wusste) in der begleitenden Kunst-Kritik der letzten Jahre, noch Widerstandselemente in seine platten colorierten Ideologieblätter hineinzulesen. Statt zu sagen: armer Eich Ohser!

– Aber! –: *Beide* haben dafür mit dem Höchsten bezahlt: Der Zeichner e.o.plauen mit dem deutlichen Verfall seiner Kunst, hin zum nazistischen Auftragswerk, der Mensch Erich Ohser aber mit dem höchsten – mit seinem Leben.

VI

Was haben Andere getan in dieser Zeit, die Vielen von den Wenigen (*Die Wenigen und die Vielen* heißt ein Roman von einem, der wegging, Hans Sahl, über dieselbe Zeit). Die Vielen unter den Künstlern. Die blieben. Die geblieben waren in Deutschland. Und aus *vielen* Gründen, ehrenhaften und intellektuell vorgetäuschten, Selbstlügen und Ausreden.

[18] *Berliner Illustrierte Zeitung*, Nr. 39 v. 1. 10. 1942, S. 540

Kurt Kusenberg schreibt über seinen Freund Erich Ohser: „*Dieser Mann, der so gern ... durch seine Heimat fuhr, und fremde Länder eigentlich nur dort schön fand, wo sie deutschen Gegenden ähnelten, stellte sein Vaterland über alles – bedingungslos. Als er dieses Land in einen Kampf verwickelt sah, ... klammerte er sich an den Begriff Schicksalsgemeinschaft.*“[19]

Es wäre Zeit, an Hand einer Vergleichsgruppe von Intellektuellen, einer besser dokumentierten als die der Maler und Karikaturisten, deren Rolle in der Schicksalsgemeinschaft zu untersuchen. Sagen wir, die der Schriftsteller.

Suchbild. Über meinen Vater. Von Christoph Meckel

Man traf sich in Kneipen am Alexanderplatz mit Frauen und Freunden, das private Leben schien ziemlich sorglos zu sein, er war jung und ahnungslos und erhoffte viel. Man reiste nach Weimar und besichtigte das Goethehaus, besuchte Martin Raschke in Dresden und machte gemeinsame Autofahrten nach Sachsen und Zinnwald. Schön war eine Reise mit Günter Eich durch den fränkischen Herbst. Er war mit der Länggässer gut bekannt, hatte Becher, Brecht und Benn aus der Ferne gesehn, verdiente am Berliner Funk mit Hörspielen, Buchkritik und szenischen Bearbeitungen verschiedener Klassiker. Man besuchte Huchel in Michendorf auf dem Land, feierte Feste und führte die erstgeborenen Kinder vor. Mehrmals verbrachte er ein paar Sommerwochen im Ferienhaus Günter Eichs an der Ostsee. Huchel, Eich und mein Vater in den Dünen von Prerow. Das Hafergras ging in die Verse ein, der Regen, die Sterne und was sie für zeitlos hielten. Sie arbeiteten gemeinsam, spielten Tischtennis und lasen sich abends neue Gedichte vor ... Ich habe meinen Vater oft gefragt, was die dreißiger Jahre für ihn waren und wie er lebte, vor allem: was er und seine Freunde dachten, und keine besonders erhellende Antwort bekommen. Während Brecht, Döblin und Heinrich Mann emigrierten, während Dix und Schlemmer in süddeutschen Dörfern untertauchten, Musiker, Wissenschaftler und Regisseure verschwanden, Kollegen diffamiert, verfolgt, verboten, Bücher verbrannt und Bilder beschlagnahmt wurden, schrieb er ruhige Verse in traditioneller Manier und baute ein Haus. In dem

[19] Kurt Kusenberg zitiert nach dem Katalog zur Ausstellung, S. 31 (siehe auch Anm. 16)

er alt werden wollte. Der Exodus von Juden, Kommunisten und Intellektuellen, das plötzliche oder allmähliche Verschwinden der gesamten Avantgarde schien von ihm kaum zur Kenntnis genommen werden ... Er stand mit dieser Haltung nicht allein. Allerlei Literaten seiner Generation lebten erstaunlich zeitfremd weiter. Man kapselte sich in Naturgedichten ab, verkroch sich in die Jahreszeiten, im Ewigen, Immergültigen, Überzeitlichen, in das Naturschöne und Kunstschöne, in Vorstellung von Trost und in den Glauben an die Hinfälligkeit zeitbedingter Miseren. Er war ehrgeizig, sportlich, gesund und ohne Erfahrung und hatte einen Namen zu gewinnen. Günter Eich hatte Sinologie in Paris studiert und Huchel war jahrelang durch Europa gereist, aber er hatte nur in Deutschland gelebt und nichts als deutsches Geistesleben erfahren. Mit keinem Gedanken und keinem Wort verließ er den Umkreis einer verfestigten, geistesgläubigen, deutschliterarischen Bürgerlichkeit. An Flucht oder Landeswechsel wurde nicht gedacht. Es ist nicht anzunehmen, daß zwischen ihm und den Freunden von Emigration die Rede war. Eine Notwendigkeit schien nicht vorhanden. Sie konnten leben, hatten Familie und Haus, wurden beruflich kaum in Frage gestellt noch aus Gründen der Herkunft oder Gesinnung verfolgt ... Mein Vater lebte unbehelligt im Dritten Reich, lebte blind in die kürzer werdende Zukunft, betonte Widerwillen, Verachtung, Stolz und vertraute machtlos auf die Macht des Geistes. Alles Weitere überließ er dem Schicksal. SCHICKSAL – der Begriff stand kostenlos zur Verfügung und war ihm in die Wiege gemurmelt worden. Aufdringlich, dumpf und unabwendbar stand die Begriffswelt des deutschen Idealismus in den dreißiger Jahren herum, wurde von Staatspropaganda aufpoliert, verdeckte ganz andere Weltbilder und ließ sich – nach persönlichem Bedarf – zu erstaunlich dichten Scheuklappen umarbeiten ...Über Politik wurde kaum gesprochen, das war keine Seltenheit in den dreißiger Jahren. Gespräche darüber waren nicht opportun. Politik war das Geschäft anderer Leute, alles in allem ein schmutziger Zauber, man hielt die Räume des Geistes davon frei. Hitler war ein Skandal für das Vaterland, Popanz, lärmender Falschgeist, der Deutschen nicht würdig. Die ganze braune Richtung war viel zu geistlos, als daß er sich ernsthaft mit ihr beschäftigt hätte. Die Partei war abscheulich, vulgär und kam nicht in Frage – aber nicht aus politisch-kritischer Einsicht, sondern aus Gründen ihres politischen Stils. Ihm gefiel der Stil der neuen Machthaber nicht. Ihr Auftritt war grölend, würdelos und zerstörte die edelsten Werte der deutschen Kultur. Das ließ sich mit Goethe und Heimatland *nicht verbinden. Wer von den Freunden in die Partei eintrat, wurde durch Gelächter veranlasst, wieder auszutreten. Wer trotzdem Parteimitglied blieb, saß noch mit am Tisch. Er war von NS-Literaten umgeben und schien keinen Wert auf genaue Distanz zu legen ... Er gehörte zu einer unpolitischen Generation, rechnete sich zur Elite des Geistes und war doch nur der typische Epigone, von verbrauchten Ideen über die Gegenwart hinweggetragen, ein schlecht geflügelter Höhenflug, der ihn weiter in die Verengung trieb. Von der eigenen Enge schien er nichts zu ahnen. Er war nicht der einzige Blinde unter den Freunden, und er war nicht der einzige, der getragen wurde. Er war umgeben von Trägern, noch mehr von Getragenen, er war zu Tausenden von ihnen umgeben ...*[20]

VII

So haben also alle getan. *Die Vielen.* Ich kenne keine Stelle, keinen niedergeschriebenen Bericht auch über die Zeit *meiner* Generation, der so treffend *Leben* in der Diktatur beschreibt. Genauso habe ich es erlebt, so haben wir gelebt, *meine Leute* und ich, bis ich ausbrach aus dem Kreis (andere natürlich auch und in nicht geringer Zahl, aber sie blieben dennoch *Die Wenigen*), verfolgt wurde und weggesperrt, wegging noch ziemlich unwillig, aber schon ohne Alternative: Freikauf oder nochmals 14 Monate Knast. Da gab es eigentlich keine Entscheidung. Und wieder zurückkehrte nach mehr als zehn Jahren „Exil", und begann, nach *meinen Leuten* von einst zu suchen. Sie hatten alle so weitergelebt, sie hatten alle bezahlt. Ich fand meine Leute nicht mehr, nicht wieder, sie waren versteinert, mumifiziert durch das Weiterleben in der Diktatur. Selbst von mir verehrte Größen in der Literatur wie z.B. Ulrich Plenzdorf, faselten in entsetzlicher Beschädigung ihrer geistigen Freizügigkeit, nach dem Ende des Systems, das auf gespenstische Weise offenbar auch zu ihrem System geworden war, Sätze, die mich erschauern ließen. Plenzdorf meinte, die DDR sei ja nun ein toter Hund, und auf tote Hunde schösse man nicht. Das wäre eine Ehrensache. Er hat nichts verstanden.

[20] Christoph Meckel: *Suchbild. Über meinen Vater,* Frankfurt/Main 1983 (Fischer TB), S. 20-23, S. 32/33

Nicht begriffen, worin er lebte. Denn auf den toten Hund Diktatur ist nötig zu schießen in jeder Sekunde und für einen Schriftsteller – auch unsichtbar – mit jeder Zeile. Durch sein Werk und seine persönliche Haltung. Damit der Totgeglaubte nicht wieder aufsteht. Aufersteht lautlos über der schlafenden Vernunft.

Gehört die Serie von Zeichnungen e.o.plauens, *Vater und Sohn*, zur Moderne? Ich glaube, nicht. Wilhelminisch ja. Das Behaglich – Bürgerliche ja. Das Lieblich – Anrührende ja. Biedermeier. Das Harmoniesüchtig – Brave. Nicht die Traditions-Linie der Aufklärung, sondern die der Romantik und des deutschen Idealismus. Die Fallgruben für die Moderne im 20. Jahrhundert. Daumier: politisch wirklich frech. H. Rousseau unangreifbar privat. Keiner von beiden irgendwie moralin – gemütlich. Bei Rousseau auch noch das Privateste künstlerisch radikal neu. Nicht dieses charmant-distanzierte Anstandslächeln nach den zweifellos belustigenden Streichen von *Vater und Sohn*, sondern was Kunst vermag, der einschlagende Blitz: das überraschte Staunen. Bei den anderen.

Resigniert, einer, der *ich* gesagt hat in seinem Essay, nochmals enttäuscht, weil getäuscht: Noch in den „Nachruf“ hinein auf Erich Ohser, den Hans Fallada schrieb, die großen Irrtümer ...

Dieser ist ein Mann, den die Welt kennt, es ist der Zeichner E.O.Plauen, mit seinem bürgerlichen Namen Ohser geheissen, stammend aber aus der sächsischen Stadt Plauen, wo so viele Webstühle stehen. Ein Mann wie ein Kind, ein Elefant, der Seiltanzen konnte, vielleicht am berühmtesten geworden durch seine bissigen Karikaturen in der Wochenschrift ‚Das Reich', unvergesslich aber allen Kinder- und Elternherzen durch seine Bildergeschichten vom Vater und Sohn ... (Ein herrlicher Mann, meist wie ein Kind, noch im Besitz aller Paradiese des Kindes) ... Ich fragte ihn, wie er, mit dem gleichen Hass wie ich auf die Nazis beseelt, mit der gleichen felsenfesten Überzeugung, dass dieser Krieg von ihnen nie gewonnen werden könne, weil eine schlechte Sache am Ende eben doch nicht siegen kann, ich frag ihn, wie er es über sich bringen kann, jede Woche politische Karikaturen in dem Blatt von Dr. Göbbels zu bringen. Er lächelte, er sagte: ‚Aber sie sind nun einmal jetzt unsere Gegner, die Churchill, die Roosevelt, die Stalin – es ist nicht unanständig, gegen unsere Gegner zu kämpfen. Ich tue nichts anderes, als was sie gegen uns tun. Aber eines tue ich nicht: ich zeichne nie eine antisemitische Karikatur, diese Schweinereien mache ich nicht mit.' ...

Heute liegt das alles längst in Schutt und Asche, das Haus an der Budapesterstraße ist nur noch ein Trümmerhaufen ... Seine politischen Karikaturen machten ihm wenig Beschwerden. Er erledigt sie alle ordentlich wie Schularbeiten. Er plagte sich vorher nicht um Einfälle. An einem Tag überflog er die Zeitungen, auf der Suche nach Ideen, am nächsten Tage führte er sie aus, meist fünf oder sieben gar. Man musste diese Karikaturen einmal gesehen haben, sorgfältig mit der Feder gezeichnet, oft auch noch mit Farben grundiert - der Zeitungsdruck gibt nur etwas Armseliges von dem, was sie waren ... (Hans Fallada, aus dem *Trinkermanuskript*, Herbst 1944)[21]

Erich Ohser und die Selbsttäuschung. Mir selbst sind in zwei Publikationen eineindeutig antisemitische Zeichnungen von Ohser bekannt. In dem Buch *Das war London. Glanz und Elend der größten Städte der Erde*[22] von Heinz Medefind, erschienen 1942, und in dem Sonderheft der in Buenos Aires erscheinenden Zeitschrift *Der Weg*[23], 1952 offensichtlich von Alt-Nazis herausgegeben, fand ich mehrere Beispiele für *diese Schweinereien*, die er angeblich nicht mitmachte. Daß er aber selbst daran glaubte, sie nicht mitgemacht zu haben, auch den Berichten der Freunde über Erich Ohsers zunehmend offen unvorsichtig selbstvernichtend aggressiv gehaltenen Gestus gegenüber den Herrschenden und deren Ideologie – dem allem ist unbedingt Glauben zu schenken! Es ist dies ja gerade ein inneres diktatur-typisches Verhaltensmuster für schlechte Gewissen bei anständigen Leuten, die mit „hineingerieten" ins schuldhafte Beteiligtsein. Ich kenne es nur zu genau: nämlich an mir. Obwohl seit meinem 16. Lebensjahr durchaus nennenswert verfolgt, versuchte ich jahrelang, gegen meine innere Überzeugung, doch irgendwie in der zweiten deut-

[21] Hans Fallada zitiert nach dem Katalog zur Ausstellung, S. 54 (siehe auch Anm. 16)

[22] Heinz Medefind: *Das war London. Glanz und Elend der größten Stadt der Erde (Mit 24 Abbildungen und 15 Zeichnungen von E. O. Plauen)*, Oldenburg/Berlin (Gerhard Stalling Verlagsbuchhandlung) 1942, S. 156

[23] Sonderheft der Zeitschrift *Der Weg*, zweisprachig (deutsch/spanisch), Buenos Aires (Editorial Dürer S. R. L.) 1952, S. 10

schen Diktatur mitzuschwimmen. Je mehr ich dabei in die Nähe jedoch von Karriere kam, die die Mächtigen mir gestatteten, man ließ mich z.B. mit höchster Entscheidung des Ministeriums für Staatssicherheit dann doch noch Medizin studieren, desto privat frecher, risikobereiter, aktiv widerständiger verhielt ich mich. Wochentags sezierte ich in Leipzig im Anatomiesaal als Student Leichen, am Wochenende druckte ich zusammen mit Freunden verbotene Literatur, eigene und die der Verbotenen: Biermann, Kunze, Fuchs. In politischen Schulungen, die es pausenlos auch für werdende Mediziner hagelte, hielt ich aus „taktischen Gründen" still, selbst als von der Dozentin die Massenmorde eines Pol Pott als „versuchte Form des Ur-Kommunismus" beschrieben wurden, sagte keiner in meiner Seminar-Gruppe ein einziges Wort, alle waren äußerst sympathische junge Leute und sind heute Ärzte. Eine selbst auferlegte Schizophrenie, der auf unterschiedlichen Ebenen (der Anatomiesaal ist nicht gleichzusetzen mit *Das Reich*) sagenhaft und gespenstisch Millionen von Menschen erlagen. Sie, diese Krankheit, in die sie flüchteten, war ihnen Trost und ein Mittel, in der Diktatur leben zu können. Die perfekte Täuschung ihres Selbst. Als ich schließlich doch inhaftiert wurde, folgerichtig, aufgrund meines Verhaltens als *privater Person*, siehe Ohser, war ich im engeren Sinn des Wortes fröhlich und erleichtert, saß in der fensterlosen Stasi-Einzelzelle mit Glücksgefühlen. Denn hier konnte ich wieder völlig *normal* und (im Sinne eines Lebens in der Diktatur) gesund sein: hier gehörte ich hin, ins Gefängnis!

Ich hatte Glück. Es war kein Krieg. Es war eine andere Zeit eine andere Diktatur. *Ich* behielt meine Rübe auf den Schultern.

Und ich kann jetzt darüber nachdenken, was der einst enge Freund von Erich Ohser, kein Geringerer eben als Erich Kästner, in einem nicht so benannten „Nachruf" über Ohser schrieb.

Brief an Pony Bouché, München, 30.10.46

Mein liebes Pony,

Na großartig, daß Du endlich mal ein bisschen verschnaufen kannst! Das hast Du Dir ja ehrlich verdient! Ein paar Zeilen aus Paris, nach dem Ende Adolfs, hatten mich erreicht, aber die Antworterei war damals noch sehr schwierig. Jetzt ist das ja geradezu ein Kinderspiel! Dein Brief vom 1. August kam vor rund einer Woche an. Also 2 ½ Monate „Laufzeit". Und vor drei Tagen kam ein großes Fresspaket von Dir. Hab für beides herzlichsten Dank, meine Gute! Eine Frau Schubart kam auch mal durch München und erzählte von Dir, d.h. eigentlich mehr von sich. Da hast Du nun also, im Gegensatz zu mir, Barrikadenkämpfe geliefert. Ich habe zwölf Jahre lang ein ironisches Gesicht gemacht und den Stammtisch im Leon „gehalten". Das war ein friedlicheres Gewerbe. Na ja. Ein paar Dutzend Leute hat das doch bei der Stange gehalten. Den Ohser leider nicht. Er war so ängstlich, wie er groß war. Und dann hat 's ihn doch den Kopf gekostet. Weil er im falschen Moment den Mund aufmachte ...[24]

... Und meine gerettete Rübe denkt: Das kenn' *ich* zu gut, nach der „Wende" in Dresden war das, immer so, die alten Freunde, diese umständlichen Satzanfänge *Da hast Du nun also, im Gegensatz zu mir, Barrikadenkämpfe* ... und sie denkt, die Rübe, *meine Leute*, wen hast Du eigentlich nach 1989 wiedergetroffen, Erich Kästner, der von sich als von einem *überzeugten Kleinbürger* sprach, dann, danach wenn es *vorbei* ist, sprechen sie so ... drücken das eigene Versagen in die Ironie.

Jedoch die sogenannte *Innere Emigration* Deutschlands spricht nach dem Krieg mit den wirklichen Emigranten. Das habe ich ab 1989 nicht erfahren, eher marginal, eher die sanften Ablehnungen, ein gewisses, zähes, bleibendes, unterschwelliges Misstrauen ... auch auf meiner Seite ...

Hans Sahl ging zurück, nach fünf Jahren Bundesrepublik, wieder in die USA, Anfang der fünfziger Jahre ...

Die mit dem geretteten Kopf meiner Generation, die wie ich waren, die aber zu Hause blieben, die anderen dagegen, die mit der geretteter Zunge, hingen längst vor den Rathäusern nach dieser, unserer Revolution – als Wahlplakate ...

Da hab' ich noch im Dunkeln die Augen zugemacht ...

[24] Erich Kästner: Brief an Pony Bouché vom 30. 10. 1946, zitiert nach Erich Kästner *Dieses Na ja!, wenn man das nicht hätte!*, ausgewählte Briefe von 1909 bis 1972, Zürich (Atrium) 2003, S. 92

Erich Kästner, in Bezug auf Ohser deutlicher, scharf, in einem Brief an Walther Victor, vier Monate früher (München, 29.6.46):

Lieber Walther Victor,
herzlichen Dank für Ihre Zeilen vom 15.5., die mich ohne Komplikationen in München erreicht haben.

Ja, daß es Knauf erwischt hat, tut mir noch viel mehr leid als die Tatsache, daß auch Ohser daran glauben musste. Denn Ohser war ab 1933 in wachsendem Maße ins weite Feld der Konjunktur geraten und missbrauchte sein Talent im Auftrag des Propagandaministeriums. Darunter litt auch die Freundschaft, die mich mit ihm verband, endgültig, trotzdem tut er mir selbstverständlich leid. Nicht minder seine Frau und der kleine Junge.

Da sich gezeigt hat, daß die Post über den weiten Ozean zu funktionieren scheint, wäre es eigentlich nett, wenn Sie mir bald einmal wieder schrieben ...[25]

(beendet am 28. November 2005)

Mein Dank gilt Herrn Günther Reichel, dem Leiter der Vogtlandbibliothek Plauen, insbesondere für begleitende Gespräche mit Ideenfindung sowie die Quellenbeschaffung und Herrn Frank Weiß, dem Leiter des Vogtlandmuseums Plauen, für seine geduldige Zuarbeit und die Erschließung des verwendeten Materials.

[25] Erich Kästner: Brief an Walther Victor vom 29. 6. 1946, S. 91 (siehe auch Anm. 24)

VIER BILDER ZU REINER KUNZE

Gebeten, anlässlich der erstmaligen Verleihung des Reiner-Kunze-Preises einige Worte zu finden, mit denen ich mein Verhältnis zum Namensgeber dieses Preises beschreiben könnte, beschränke ich mich auf einige wenige Erinnerungen an gemeinsame Unternehmungen mit Reiner Kunze, weitab möglichst von dem, was man gemeinhin „Literatur" nennt und schon nicht mehr auch nur in „versuchter Nähe", wie Hans-Joachim Schädlich es bezeichnen könnte, zum sogenannten „Literaturbetrieb". Kürzer gesagt, will ich etwas erzählen, allerdings in indirekter Weise, vom Menschen Reiner Kunze und meinem Verhältnis zu ihm, und nur an den Rändern tauchen wir vielleicht gemeinsam auf auch als Schriftsteller und haben durch unser Verhalten gegenüber dem Leben, im Leben dann auch ein „Verhältnis" als Schreibende zueinander, nach dem hier gefragt wurde.

Erstes Bild: Die Reise einer alten Dame

Im späten Herbst 1979 begab sich eine Rentnerin aus Reichenbach im Vogtland auf Verwandtenbesuch nach Hessen, sie benutzte den sogenannten „Interzonen-Zug" von Warschau nach Frankfurt am Main, der am Nachmittag jeden Tages wie selbstverständlich auch in Reichenbach im Vogtland hielt. Weitab vom heutigen Maien-Sonntag und zurück in eine andere Zeit, „Im traurigen Monat November war's / Die Tage wurden trüber, / Der Wind riß von den Bäumen das Laub, / Da reist *sie* nach Deutschland hinüber...", bin ich versucht zu sagen. – Aber das wusste ich nicht, kannte nur Heines Eingang zum „Wintermärchen" , und das Einfärben der Blätter an den Bäumen hatte ich in diesem Herbst 1979 nicht mehr sehen können und miterleben, denn ich saß seit meiner Verhaftung an einem frühen sonnigen Oktobertag in einer Einzelzelle mit Glasziegel-Fenstern des Stasi-Untersuchungsgefängnisses Karl-Marx-Stadt und wartete auf das täglich mehrstündige Verhör.

Die mit der Mutter meiner Schwägerin befreundete Rentnerin aber kam an diesem Tag im November gut über die innerdeutsche Grenze bei Eisenach, nur wenig kontrolliert von den mit Bauchläden und Fahndungsbuch durch den Zug patrouillierenden Uniformierten, die auch nicht versäumt hatten, wie immer, ihre Schäferhunde über die gesamte Länge des Zuges unter den Waggons entlang zu schicken. – Und doch war es geschehen, daß dem Gesicht der Rentnerin und besonders den Wangen während der Kontrolle ihres Ausweis-Dokuments eine leichte Röte angeflogen war, über deren Ursache sie sich in vollem Bewusstsein befand, nicht etwa Scham, zu schämen hatten sich in diesen Zeiten, die es nicht taten, sondern nacktes Erschrecken, keineswegs aber Angst, war in diesem Moment über ihren Mut gekommen. Vielleicht dämpfte, so hoffe ich noch immer, ihren jetzt leicht beschleunigten Herzschlag zumindest optisch ein wenig, und daher für die Uniformierten unsichtbar, gerade der in ihrem Mantel eingenähte Brief, den sie mutig aus den Händen meiner Verwandtschaft an sich und schließlich mit auf ihre Reise genommen hatte. Über *diese* Grenze. Auf dem Umschlag war ausgewiesen als Adressat: Herr Reiner Kunze – über S. Fischer Verlag – Frankfurt am Main. In Hessen bei ihrer Verwandtschaft angekommen, klebte die Rentnerin auf den, nun aus dem Futter ihres Mantels herausgetrennten Brief, eine Marke, ohne sich vielleicht um deren Motiv weiter zu kümmern, und schickte ihn auf seinen, den ihm bestimmten Weg. Der Brief erreichte seinen Adressaten, und der Dichter Reiner Kunze erfuhr, daß ich im Gefängnis saß unter dem Vorwurf der „staatsfeindlichen Hetze“, wegen meiner Gedichte.

Viele Male fuhr Reiner Kunze damals dann mit dem Nachtzug den langen Weg von Passau nach Bonn, um mit beginnendem Tag dort beizutragen innerhalb einer Kommission, deren Vorsitzender zu dieser Zeit gerade Helmuth Kohl war, die politische Häftlinge der DDR auf eine Liste für Verhandlungen setzte, um deren „Freikauf“ zu erreichen. – „Sie sind der Dreiundsiebzigste, den wir raushaben!“, schrieb mir Reiner Kunze später in seinem ersten Brief, als ich nach einem Jahr und zwei Monaten in den Gefängnissen von Karl-Marx-Stadt und Cottbus endlich nach Westberlin gelangt war.

Zweites Bild: DIE HOLZBANK AM RANDE DER STADT

Anderthalb Jahrzehnte später, 1994, rief mich das Bayerische Fernsehen an, die Dokumentarfilm-Regisseurin Siegrid Esslinger, und fragte an, ob ich nicht als Interview-Partner an einem Film über Reiner Kunze mitwirken wolle und könne, den die ARD die Absicht hätte zu drehen.

Ich kannte Reiner Kunze und seine Gattin seit Weihnachten 1974 persönlich, also seit 20 Jahren, seit ich ihm damals in einem Dezember während eines kurzen Urlaubs einige Materialien zu meinem „Rausschmiß", meiner Relegation von der Oberschule, von Reichenbach nach Greiz brachte, die er später für sein großes Buch „Die wunderbaren Jahre" verwenden sollte. Ein für mich unvergessliches Wunder stellte sich jedoch damals bereits während unserer Zusammenarbeit ein, als mir während des Gesprächs seine Gattin, Elisabeth Kunze, wahrhaftig einen *Jasmin*-Tee servierte. – So sagte ich jetzt natürlich dem Fernsehen sofort zu und fuhr einige Tage später von Reichenbach im Vogtland die wenigen, die *neun* Kilometer, nach Greiz in Thüringen, so, wie ich es immer getan hatte.

Das Interview gab ich im Hof des großen gelben Postgebäudes in der unmittelbaren Nähe des Greizer Bahnhofes, und ich sah in meinem hellblauen Sommerhemd schon fast wie ein von Reiner Kunze selbst erträumter Briefträger aus. Einige am Film ebenfalls beteiligte Menschen aus Greiz gingen dort umher mit aufgeschlagenen Briefmarken-Alben, eine Frau, natürlich Verehrerin Kunzes, zeigte mir ihr Album, die Doppelseite vor allem mit Schmetterlingsmarken, und verwies auf Texte des Dichters wie etwa die „21 variationen über das thema ‚die post'", die ich, *natürlich*, so gut wie auswendig kannte.

Ich gab vor der Kamera einige gewollt „kernige" Sätze, möglichst schlagende, von mir, wobei mir derjenige meiner Gedanken heute noch am treffendsten in der Erinnerung wieder erscheint, Reiner Kunze hätte, im Gegenteil ganz zu den Absichten des Staates ihm gegenüber, sagte ich, eingelöst in einmaliger Weise, was die DDR als Programm von ihren Schriftstellern stetig und lauthals einforderte. Reiner Kunze, sagte ich, hat wie kein anderer, beinahe im umgekehrten Sinne, auf gegensätzlichen Wegen und höchst unfreiwillig im Sinne der Doktrin, dies erfüllt: ein wirklicher Volksdichter zu sein. –

Ich war damit zufrieden, die Regisseurin Siegrid Esslinger schien es auch, und ich fuhr wieder nach Reichenbach, die neun Kilometer nach Hause.

Als der Film „Der Schriftsteller Reiner Kunze" dann im Herbst des Jahres in der fertigen Endfassung über den Bildschirm ging, sah ich während eines nachgezeichneten Rundganges Reiner Kunzes auf den Wegen seiner Kindheit und frühen Jugend in der Stadt Oelsnitz im Erzgebirge, den Dichter sitzen auf einer Bank am Rande dieser Stadt. Gefragt, ob er noch mitkommen wolle auf den Berg gegenüber, zur Burg Hoheneck, die nichts anderes war als ein berüchtigtes Gefängnis für Frauen, wo auch Räuberinnen und Mörderinnen zusammen mit politisch inhaftierten Gefangenen zu DDR-Zeiten einsaßen, sagte er „nein", „eher nicht", es „reiche ihm all dies hier schon", und meinte wohl die gesamte Bürde, die auf seinem Leben lag, das begonnen hatte in dieser Stadt.

Ich, der beigetragen hatte zu diesem Film mit kernig-schlagenden Worten, einigermaßen sicher meiner selbst und der Wirkung meiner Worte, war verwundert und staunte für einen kurzen Moment: Reiner Kunze nahm sich, auf einer Bank am Rande seiner Geburtsstadt verweilend, die Freiheit zum Eingeständnis einer Müdigkeit, der ureigenen seinen.

Drittes Bild: Der leere Platz

Ein nachgetragenes Gedicht, auf Grund dessen (und wegen vier weiteren Gedichten) ich im Herbst 1979 inhaftiert und zu 27 Monaten Gefängnis verurteilt wurde. Man sollte zu diesem natürlich unbedingt auch Reiner Kunzes Gedicht „*Einladung zu einer Tasse Jasmintee*" kennen, von dem es ausgeht und dem es geschuldet ist – als mögliche Antwort eines Menschen, der diese Einladung in jungen Jahren *angenommen* hat:

THÜRINGISCHE LEGENDE

für Reiner Kunze

Einen hat man
vertrieben.
Dem zog der Jasmin nach.

Er ließ aber noch stehen
ein Glas Tee aus Schweigen
das keiner mehr Zeit fand
auszutrinken
bevor es bitter war.

(geschrieben im Mai 1977, wenige Tage nach der Ausbürgerung der Familie Kunze aus der DDR und aus Greiz...)

Viertes Bild: Die freien Plätze

(dieses Bild widme ich dem gemeinsamen Freund von Reiner Kunze und mir, Jürgen Fuchs, der an einem solch sonnigen Maisonntag wie heute vor acht Jahren gestorben ist)

Um ein *freier* Autor zu sein, bin ich jetzt schon im fünften Jahr angestellt mit einem Werkvertrag bei einer Behörde, die sich nennt Sächsischer Landesbeauftragter für die Unterlagen des Staatssicherheitsdienstes der ehemaligen DDR. In deren Auftrag bin ich vom Spätsommer bis in den Winter hinein unterwegs als Bürgerberater für Opfer des Regimes der ehemaligen DDR, deren ideologischer Basis, der Einheits-Partei, der SED, und deren „Schild und Schwert", des Staatssicherheitsdienstes, der „Stasi". Es kommen also zu meinen Sprechstunden in die Rathäuser und Landratsämter der Städte Sachsens ehemals beruflich Verfolgte und politisch Gemaßregelte oder solche, die durch einen rechtsstaatswidrigen Verwaltungsakt zu Zeiten der DDR geschädigt wurden, man denke hierbei an politisch motivierte Enteignungen, und es sprechen vor in Vielzahl ehemalige politische Häftlinge, Menschen, die ihrer Überzeugungen wegen ins Gefängnis kamen . Man schätzt deren Zahl in vierzig Jahren DDR auf eine Viertel Million Menschen, von denen etwa einhunderttausend noch am Leben sind. – In Kamenz zum Beispiel kam ein großer wuchtiger Mann zu mir ins Landratsamt, ich tippte sofort auf einen Bauern, dicke braune Cord-Hosen und ein Holzfällerhemd, breite Hosenträger darüber, er blieb gleich noch in der Tür stehen und fragte: „Sind Sie noch von früher wie alle hier, oder kann man offen sprechen?". Schöner Klartext, denke ich... Und im Rathaus in Niesky stellte sich ein Ehepaar zur Sprechstunde bei mir ein, bei dem sich herausstellte, daß der Mann erst in der Nacht vor diesem Termin, seiner Frau erzählt hatte, daß er, bevor sie sich kennenlernten, noch als junger Mann, einst politisch inhaftiert war. Auffallend bei vielen, den meisten Vorsprechenden, anfangs deren ungebrochener, ja unverwüstlicher Glaube, daß ihnen Recht geschehen werde in der heutigen Zeit, jetzt, an diesem Tag, da sie zu mir gekommen sind. Daß es an dem für die Mehrzahl nicht so ist, daß auch ich ihnen nur ein paar wenige Wege weisen kann, oft gerade nur diese, wie sich bei weiterem Gespräch herausstellt, die sie aus eigenen Kräften schon gegangen sind und oft erfolglos, weist, um es zusammengefasst zu sagen, hin auf die Ohnmacht, ja die Unmöglichkeit, für ein sogenanntes rechtsstaatliches System, die juristischen und schon gar nicht die menschlichen Folgen einer Diktatur aufzuarbeiten, mitunter nicht einmal zu mildern.

So sprechen die in diesen Tagen anlässlich der beabsichtigten Einführung einer Ehrenpension für ehemalige politische Häftlinge der DDR bekannt gewordenen Zahlen eine fatale Sprache: Die Regelung betrifft lediglich sozial bedürftige Menschen unter ihnen, und die Opferrente wird nur bei etwa 16 Tausend von ihnen wirklich ankommen. Das wird etwa 48 Millionen Euro kosten, während allein im Jahr 2006 (laut Angaben des Arbeitsministeriums) für die Systemträger der untergegangenen Diktatur rund vier Milliarden Euro, davon allein 1,6 Milliarden für ehemalige Angehörige der Stasi, des Zoll, der „Volksarmee" und der „Volkspolizei" an Versorgungs- und Rentenleistungen erbracht wurden.

Dies ist, so denke ich, die direkte Folge einer nach 1990 sehr bewusst verfolgten „Burgfrieden-Politik", die, um etwaigen sozialen Spannungen in den „Gründerjahren" der neuen Bundesrepublik zu vermeiden, vor allem um die ehemaligen Eliten des alten Systems besorgt schien, und in der Folge-Zeit wie nebenbei alle ihre vorher *gegebenen* und *möglichen* Zeichen gegenüber den Millionen von Menschen, die von diesem System versklavt, gedemütigt und verfolgt wurden, eben nicht in Wirklichkeit zu übersetzen. Und dabei, gewollt oder nicht, eine seit dem 19. Jahrhundert klar erkennbare Traditionslinie deutscher Politik fortsetzte, daß eben das Eintreten des einzelnen Bürgers mit seinem Leben und seiner Gesundheit, mit seinem Verzicht auf Karriere und auch dem Festhalten an seinem Glauben, in Deutschland wiederum *bestraft* wird, als, wie so sehr erhofft, sozial anerkannt, und das zur unbeschreiblichen Enttäuschung weiter Bevölkerungsteile, die sich von nun an betrogen fühlen von einer Gesellschaft und einem Staat, der sich über Jahrzehnte hinweg, als Gegenbild der real existierenden Diktatur, als Bewahrer der so dringlich vermissten Grundrechte in ihren Köpfen verankert hatte.

Der verinnerlichte Glaube und das folgerichtige Eintreten für diese Rechte, der staatsbürgerliche Mut des Einzelnen, und das über Jahrhunderte darauf aufbauende Vertrauen auf den erwiesenen und gelebten Erfolg eines zivilen Ungehorsams und des Menschenrechts auf gewaltfreien Widerstand sind nach 17 Jahren dieser Politik eines neuen wiedervereinten Deutschland tiefer verschüttet als je zu Zeiten einer DDR, eines sogenannten „3. Reiches", einer Weimarer Republik und eines deutschen Kaiserreiches. – Ich fürchte sehr, die mutigen Rentner von morgen, gebeten rettende Briefe zu überbringen, werden ausbleiben.

Ich habe in den letzten Jahren in meinen Bürgerberatungen mit etwa 5000 betroffenen Bürgern allein nur in Sachsen gesprochen. Dabei fiel mir eine Personengruppe auf, Menschen, die, so erscheint es mir, eine besondere Haltung bewahren konnten, einen natürlichen Gestus innehatten und aufrechterhielten, wenn sie bei mir vorsprachen. Sie wußten offensichtlich schon, daß sie nichts zu erwarten hatten, hoffend auf nichts, schon gar nicht, wenn es „von oben kommt". Sie nämlich hatten und haben allesamt ein anderes *„Oben"*. Es waren dies gläubige Menschen, die gleich zu Beginn unseres Gespräches darauf beharrten, daß sie keineswegs hofften, irgendwie irdisch „belohnt" zu werden für zerstörtes Leben, mühsamste Um- und Irrwege und das für sie ausgefallene

Glück. Sie kamen meistens am späten Nachmittag zu mir, hatten die Arbeitskleidung noch übergezogen und brachten die Spuren ihrer Arbeit an den Händen mit. Manche hatten erst kurz noch ihre Tiere versorgt und entschuldigten sich bei mir für ihr spätes Kommen. Sie sagten mir, daß sie gar nicht erst versucht hatten, damals in alten Zeiten, Teil des Systems zu werden, Abitur zu machen, eine Karriere anzustreben. Fragten meistens auch kaum für sich selbst nach, eher nach Möglichkeiten einer Rehabilitierung für ihre Kinder, für Bekannte, wollten *nur mal sehen*, wie ihre Position, ihr Wert, ihr moralisches Gewicht *zu Buche schlüge* in so einer Sprechstunde für SED-Opfer, in der ihnen der Staat in Gestalt meiner Person gegenüber sitzt, in den alten angst-kontaminierten Gebäuden der Landratsämter und Rathäuser Sachsens. Aufgrund der juristischen Lage, den bestehenden Gesetzen, jedem einzelnen von diesen Menschen musste ich Auskunft und damit sein Recht geben: Sie haben vom irdischen „Oben" fast nichts zu erwarten. – Manchmal, an Tagen, an denen bei mir noch Kraft übrig ist, gebe ich ihnen ein Trostwort mit auf ihre Wege, von denen meine Dienstvorschriften nichts wissen.

Sehr geehrte Damen und Herren, liebe Elisabeth Kunze, lieber Reiner Kunze und die anwesenden Freunde, lassen Sie uns an diesem Mai-Sonntag ein wenig ausruhen, ein wenig auch die Müdigkeit miteinander teilen, wenn Sie von ihr aus gleichem Grunde betroffen sein sollten.

Ein wenig am Rande seiner jeweiligen Geburtsstadt zu sitzen auf einer Bank aus gutem erzgebirgischen Holz, das den Menschen lange Zeit im Leben trägt, an einem Sonntag im Mai und mit guten Gründen, ist sehr klug, denke ich.

– Reiner Kunze nun auch zitierend, doch auf ihn selbst zurück reflektiert, ergibt sich für mich, verwandelt, *seine* Frage an ein Auditorium, das einst in ihm Georg Büchner ehrte:

Habe ich an Reiner Kunze vorbei gesprochen? Ich danke Ihnen.

März – Mai 2007

CALWER UNSCHÄRFE-RELATION

here is the deepest secret nobody knows
(here is the root of the root and the bud of the bud
and the sky of the sky of a tree called life; which grows
higher than soul can hope or mind can hide)
and this is the wonder that's keeping the stars apart
E. E. Cummings

I

Langsam. Calw. Langsam.

Kam an. Am Bahnhof. Ganz normal. Alles vielleicht wie überall.

Mit einem Zug der Kulturbahn. Als gutes Zeichen. Kam an mit einer Geschwindigkeit, die zu hoch war. Und nicht nur für hier. Und nicht nur für mich. Mit dem Tempo der Zeit.

Die Geschwindigkeit meines Lebens der letzten Jahre. Das zu hohe Tempo. Für überall.

Hatte im Kopf die Lektüre der Jugend. Der meinen und was davon als Erinnerung blieb an Lektüre: „Die Marmorsäge". „Der Zyklon". „Heumond". Überdeutlich bewahrt. Vielleicht weil es Geschichten waren von Liebe. Und von einem Schüler handelten, der scheitern würde, der von seiner Schule, seinem Seminar, geschmissen werden würde, dem nur noch eine letzte Aus-Zeit gegeben war, Ferien, Besuche. – Das Lesen des Buches „Unterm Rad", in der Rechten die Badehose, im Handtuch eingewickelt das dünne Reclam-Bändchen, so betrat ich mit sechzehn das Freibad, kurz vor den mündlichen Prüfungen zur mittleren Reife. 10 Tage zuvor das erste Verhör, verhaftet vom Schulhof weg. Ab jetzt wußte ich bescheid auch um meine Aus-Zeit, die mir noch gegeben war.

Aber langsam. Calw. Langsam.

„Gerbersau".

Das hatte ich vergessen, den Namen, den Hesse ihm gab in seinen Geschichten. Kam aber schon an, mit einer Überzeugung, die meine Erinnerung mich lehrte, daß die Geschichten, die ich mit sechzehn anfing zu lesen, intensiver dann nach dem Rausschmiß aus meiner Schule, noch mehr, als ich, wie Hesse, Lehrling wurde (er war Praktikant für 14 Monate), daß es vielleicht das beste war, von ihm, was ich gelesen hatte. Dies noch unterstützt durch eine kurze Notiz, geschaltet als Präambel, beinahe ein Programm, würde ich sagen, vor eine seiner späten Erzählungen; an diese Zeilen, zumindest deutlich an Hesses Gedankengang, erinnerte ich mich beinahe wörtlich. Diese Warnung nahm ich mir an, noch als ich jung war und mit dem Schreiben gerade erst begonnen hatte:

„Es scheint als müsse ich in meinen späten Tagen nicht nur, wie alle alten Leute, mich wieder den Erinnerungen aus den Kinderjahren zuwenden, sondern als müsse ich auch, zur Strafe gewissermaßen, die fragwürdige Kunst des Erzählens noch einmal mit umgekehrten Vorzeichen ausüben und abbüßen... Und nur sehr langsam und widerwillig kam ich mit den Jahren zur Einsicht, daß meine Art zu leben und meine Art zu erzählen einander nicht entsprachen, daß ich dem guten Erzählen zuliebe die Mehrzahl meiner Erlebnisse und Erfahrungen mehr oder weniger vergewaltigt hatte, und daß ich entweder auf das Erzählen verzichten oder mich entschließen müsse, statt eines guten ein schlechter Erzähler zu werden. Die Versuche dazu, etwa von Demian bis zur Morgenlandfahrt, führten mich dann auch immer mehr aus der guten und schönen Tradition des Erzählens hinaus. Und wenn ich heute irgendein noch so kleines, noch so gut isoliertes Erlebnis aufzuzeichnen versuche, dann rinnt mir alle Kunst unter den Händen weg, und das Erlebte wird auf eine beinahe gespenstische Weise vielstimmig, vieldeutig, kompliziert und undurchsichtig. Ich muß mich darein ergeben, es sind in den letzten Jahrzehnten größere und ältere Werte und Kostbarkeiten als nur die Erzählkunst fragwürdig und zweifelhaft geworden."

So der Hessesche Eingang in die Erzählung „Unterbrochene Schulstunde" von 1948, kurz nach seinem 70. Geburtstag geschrieben und vierzehn Jahre vor seinem Tod. – Eine Warnung, gegeben wohl an alle Autoren, auch und besonders vielleicht an die jungen, und der ich, wie ich sagen kann, unbedingte und bewußte Folge leistete, ausgenommen die ganz persönlichen Lektüren von „Narziß und Goldmund" sowie des „Steppenwolf", diese empfand ich keineswegs von Künstlichkeit gezeichnet oder von, dem eigentlichen Erzählen, fremder Absichtlichkeit durchdrungen.

Ich kam an mit dem zu hohen Tempo. Und hatte plötzlich Zeit. Sah den Fluß. Der war grün. Wie die erste Liebe. Und hieß Nagold.

Zehn Tage zuvor war ich über den Gambia-River mit einer Fähre gefahren. Vom Senegal, von Dakar kommend und Gambia querend, in den Senegal. Auf dem Weg in den Süden des Landes, ins Rebellengebiet der Casamance. Mit einem Dokumentarfilm, französische Untertitel, das Publikum hunderte Menschen, darunter der senegalesische Geheimdienst und Vertreter der Rebellen. Und es war ein Film über die zweite deutsche Diktatur und deren Auswirkung auf Familien. Meine Familie, meine Mutter, meine zwei Töchter, ich, spielten da mit. Diskussionen über den Sinn von Gewalt bis nach Mitternacht, deren fortgeführtes Weiterleben in den Menschen, denen sie angetan. Emphatische Beteiligung der Einheimischen: endlich Schluß!

Die verminten Wälder, die martialisch aufgerüsteten Militärpatrouillen auf den Lastwagen, zwanzig Soldaten unter grasgrünen Helmen, die eingegrabenen Maschinengewehr-Nester an den Waldwegen, nach innen, dem Dickicht zu gerichtet, die Schüsse in der Nacht noch nach unserem Film. „Siddharta", „Die Morgenlandfahrt", in zwei Wochen würde ich bei Hesse sein, wußte ich, als ich müde vors Haus ging und sofort angesprochen wurde von einem jungen Mädchen, ob ich für ein paar Tage eine Freundin suche, ob ich sie einladen würde in die *american bar*. Ich hatte nicht übel Lust auf alles, auf beides. Aber wie Victor von Scheffel, überwiegend Capri, schon sang, ich erinnere es *so*: Adieu! Es wär so schön gewesen / Adieu! Es wäre Aids geworden / Adieu! Es sollt nicht sein! Wir rauchten eine Zigarette zusammen unterm Sternenhimmel, die Schüsse zogen weiter westlich, dem Meer zu, das Kreuz des Südens, die Romantik Afrikas fern. Die Flamingos auf den kleinen Inseln des Flusses schliefen auf einem Bein. Es war Ausgangssperre bis acht Uhr.

Der Meisterberg / auf den die begünstigten Meister der Hesse-Stiftung / drei Monate schauen / bei jedem Wetter / die sonnigen Tage / kämpfend am Berg / als einer der vierzig Jahre raucht / zwanzig Zigaretten / den Stadtgarten für / einen sanften Park hält / laut Stadtkarte / ohne Plan / atemlos / einsamer nie als im Februar / den Gipfel / zum ersten Mal / hochschnauft / mühelos dann der Ostweg / mit Herbert / nach Zavelstein / Krokuswiesen / Rötelbachtal / Stubenfelsen / wieder hinab zur Nagold / Bewegungen / Entscheidung Verlaufen Irren / auch hier // Regentage / ehe der Schirm feucht wird / wohin? / die Wollmütze durchnäßt / steht man am Ende / in der Badstraße / am Kaufland / aber das ist es nicht: / gleich wird das Mädchen aus der Spinnerei laufen / wenn der Zyklon beginnt / das ist es / wird sie kommen / danach alles anders sein / grüne Jugend / weggerutscht / vom Wasser haben's wir gelernt / die Fische an der unteren Brücke werden / wieder beißen / nichts mehr wie vorher / alles nur noch normal. Wasser und Fische könnten / nicht unglücklich sein. / Wer weiß / vielleicht.

Aber schon am Montag / trifft man in der Bäckerei / die Tochter der Lieblings-Cousine von Hesse / dreiundneunzig Jahre / sie lädt ein am Mittwoch zum Tee. / Die Namen / meiner Freunde / Schädlich Fuchs Kunze / und deren tote Freunde / Sahl Bloch Sperber / die Namen des Exils / sind ihr vertraute Begriffe / ich darf rauchen am Teetisch / in einem Land / in dem man nicht mehr rauchen darf / ich rieche es so gern / sagt sie / Schön ist die Jugend / im Bodamerschen Haus.

Aber der Buchhändler seltsam / sowieso / macht seine Kundschaft glauben / meine zuletzt erschienen Bücher / seien nicht lieferbar / und er besteht darauf / gegenüber den Kunden / um zu prüfen / ob ich's nicht bin / der spinnt / gehe ich noch zweimal in den Laden / mit Begleitung / meine Tochter / die Schauspielerin / sie sagt: sei doch froh Papa / endlich hast du einen Feind hier / das macht doch eine Stadt / erst so richtig interessant / Laurel / die amerikanische Professorin / aus Pennsylvania / die speziell wegen Hesse / vielleicht auch ein wenig / wegen mir über den Ozean kam / bekommt Angst im Laden / und sagt: hier stimmt was nicht / überall Streit / die erste Nacht in Calw / vom Jetlag krank / schlaflos / über Stunden am Fenster / gegenüber in der Wohnung stritten sie sich / auf der Straße lange Tumult / böses Geschrei / Gewalt / bis zum Morgen.

Ich aber schlafe ruhig in Calw.

II

Die heisenbergsche Unschärferelation oder Unbestimmtheitsrelation ist die Aussage der Quantenphysik, dass jeweils zwei Messgrößen eines Teilchens (etwa sein Ort und Impuls) nicht gleichzeitig beliebig genau bestimmt sind. Sie ist nicht die Folge von Unzulänglichkeiten eines entsprechenden Messvorgangs, sondern prinzipieller Natur. Die Unschärferelation wurde 1927 von Werner Heisenberg im Rahmen der Quantenmechanik formuliert. Unter dem Begriff der Unschärfe ist mathematisch gesehen die sogenannte Standardabweichung gemeint. Der Begriff „Unbestimmtheitsrelation" beschreibt die Aussage besser, da es nicht um die Genauigkeit in der Messung geht, sondern um die prinzipielle Unmöglichkeit. (Wikipedia)

Laurel fragt: Warum sind die meisten Häuser hier an den Hang gebaut, und gerade an den, der immer im Schatten liegt, wo die Sonne niemals hinkommt, außer am Morgen? Weiß ich nicht, sage ich, da muß ich Herbert Schnierle-Lutz fragen.

Herbert, der alles weiß, was ich ihn frage und natürlich auch dieses und alles zeigt, was ich gern wissen möchte von hier, die Geschehensorte meiner Lieblingsgeschichten von Hesse sowieso. Und schnell zum Freund wird. Und mich zu seinen Freunden mitbrachte. Bad Liebenzell-Zainen, ins „Lamm", die Besuche dort gekrönt mit einem Drei-Gang-Menü nach meiner Lesung im Rauchersalon, vier Sofas, Ohrensessel, Vitrinen mit Kasperpuppen, Teddybären, mechanischem Spielzeug, an den Wänden Graphik und Malerei. Gemeinsame Spaziergänge, besser Schnell-Gänge, wir reden bergauf und mit stetigem und steigendem Interesse, ich atemlos, Herbert: Das ist ja nur ein kleiner Spaziergang. Kleines Enztal-Großes Enztal. Die Fundamente des Gasthofes, wo einst Hauff die Geschichte über „Das kalte Herz" aufschnappte. Herbert hat warmen Tee dabei und belegte Brötchen für Zwei. 14 Kilometer. Abends ins „Lamm". Erster Gang hoch nach Zavelstein, die Schuljugend von Calw war befohlen zu den Hinrichtungen auf dem Schafott. Weißtanne, Edeltanne, Fichte. Der Schwarzwald als künstliche Baum-Pflanzung. Hesse, Hauff, Büchner sowieso, Glasmännlein und Holländer-Michel. Westwärts die Uhren. Ringspuren von Köhlermeilern. Dann zum Rockmusik-Contest am Samstag nach Simmersfeld, fünf Stunden Bass-Trommeln aufs Brust-Fell, Contest der Rockbands aus dem Nordschwarzwald. Klar, die Gruppe mit dem Hesse-Text gewinnt, Jury und Publikum sind sich einig, meine Favoriten auf Platz zwei. Wir konnten uns an die eigene Brust schlagen, aber kaum mehr hören.

Schon lange da vorüber und zuende und am Ende die quälenden Fragen an mich selbst, die hier anfangs beklemmend neu aufbrandeten in der Trommel-Brust: Wer bin ich / was bin ich / / wo bin ich / was soll ich hier / ist Heimat austauschbar / Landschaft beliebig / gibt es eine neue / kann man sie vertauschen / und neu erwerben / andere Gegenden damit besetzen?

Hesse läßt seinen Morgenlandfahrer Novalis fragen: „Wo gehn wir denn hin? – Immer nach Hause!“

Mein altes Trauma. Es war wieder aufgebrochen am Anfang meines Aufenthaltes und hier:

Ziehen Sie sich an und kommen Sie mit. Klärung eines Sachverhaltes. Handschellen. Eine Odyssee von Gefängnissen. Ein anderes Land. Unerreichbar die Landschaft der Kindheit. Der andere Landesteil liegt zehn Meter hinter einer Mauer. Zehn Jahre lang. Trennung von der Familie. Oma wartet auf die Enkeltöchter, die schon in die Schule gehen, und wird alt darüber.

Daß „nicht mehr heimisch werden könne auf der Welt, der den Menschen als Gegen-Menschen erlebt hat“, sagt Jean Amery und beging Selbstmord. Mein bester Freund, der Schriftsteller und Psychologe, Jürgen Fuchs, tot, seit fast einem Jahrzehnt, die Gegenthese: uns bleibe das produktive, das künstlerische Dagegen. Literatur nicht als zwanghafte Therapie und Selbsttherapie oder heillose Mechanik eines Literaturbetriebes, dem man sich nicht mehr entziehen kann, sondern als wirklich begehbarer, als humaner Weg.

Ostweg, Mittelweg, Schwarzwaldhochstraße. „Der Gang durchs Gebirg“. Plötzlich vertraut, rückt es näher heran. Herbert erzählt von Lenz bei Oberlin in Waldersbach, im Steintal, schon drüben in den Vogesen. Drüben. Der Blick weitet sich, der vertraute Standort unter den Füßen ist nun schon der Schwarzwald. Später Bad Cannstatt und Rottweil ausführlich und über Stunden, sorgsam entfaltet von Egbert-Hans Müller, dem Autor Reinhard Gröper, tiefe Einblicke in eine Biografie mittels urbaner Entschlüsselungen. Unvergeßlich und überwältigend der sonnige Nachmittag im Kloster Hirsau in Begleitung von Klaus-Peter Hartmann. Die schönen, langen Gespräche mit Elke Ruff, gar nicht geschäftsmäßig, Geschäftsführerin ohne Eile, reden wir über das Internet-Verhalten der Kinder, sich weigernde Reinigungskräfte, die Hesse-Stipendiaten-Wohnung zu säubern nach einer Drei-Monats-Frist des Verstaubens. Über das Literaturarchiv Marbach, wohin sie einen gemeinsamen Besuch vorbereitet und Absprachen trifft, die meinen Interessen entsprechen, z.B. deutsche Exil-Autoren, z.B. Hans Sahl. – Keiner weiß in Tübingen, daß Hans Sahl nach seiner Rückkehr dorthin aus dem Exil, aus

New York, von den Großen Geistern der Stadt geschnitten wurde, vor den privaten und akademischen Türen stehen gelassen, gemieden von Walter Jens und Hans Mayer. Alle dort wundern sich, wenn ich sie darauf ansprach. Will man Medizin studieren in Tübingen, muß der Zensurenschnitt 1,0 betragen. 1,1 hat keine Chance mehr. Hölderlin sowieso nicht. Mir grauste. Aber Laurel vor dem Evangelischen Stift, Schelling, Hegel, Mörike und alle anderen sowieso, die ersten Krokusse zu den Füßen, der Neckar natürlich wie immer, er wundert sich nicht, das bedrückende Denkmal für Silcher. Je öfter ich hinkomme, desto schneller weg.

Die Energie eines Teilchens und seinen Aufenthaltsort kann man gleichzeitig nicht messen.

Zur dieser Zeit, am Anfang in meinem einsamen Februar in Calw, holte ich mit einem einzigen Brief an den Präsidenten Lukaschenko im Namen des deutschen Exil-P.E.N. den Journalisten und Schriftsteller Aliaksandar Zdzvizhkou in Minsk aus dem Knast. Laurel sagte, nichts versäumt, du hast deine Zeit genutzt.

III

Rössle, Demian, Wendland, Café Kult, Rappen, Alt-Calw, Ratsstuben, Café Montagnola.

Sowieso.

Und unerwartet freundlich.

Der netteste der Calwer Bedienungen, der nur das beste bietet, und wo er bedient, ist nur für Nicht-Calwer ein Rätsel: Herr Rudi. Am Ende meines Aufenthaltes gibt er mir zum Reinschauen und als Aufmunterung zum Wiederkommen schon mal den Schlüssel für ein besonderes Zimmer des Hotels. Es heißt „Siddharta".

Ein Café „Steppenwolf" aber haben die Erben Hesses untersagt.

Ich hätt' gern eines mit dem Namen „Zyklon" gefunden.

Wie die Nagold, die gewaltige, die erste, die grüne Liebe.

Noch taub vom Schwarzwald-Rock, zumindest halb, es ist Sonntag und unwirtlich kalt im April, und ich kann nicht am Brühl mit den Pennern auf einer Bank sitzen und rauchen, also rauche ich zum Fenster am Leder-Eck hinaus, darauf hoffend, die Calwer Häuser seien nicht brennbar, kommt plötzlich das Hören zurück. Ein Mädchen ruft ihrem Freund am Markt-Café nach: Ich hab's Dir doch gesagt, daß Du dich erschießen gehen sollst. Betrifft mich nicht mehr. Es ist 16.53 Uhr. Ich kannte eine Schneekönigin, die ging nach Graz. Ort und Impuls eines Teilchens sind gleichzeitig nicht messbar. Ich bin nicht mehr gemeint. Trauma und Träume sind zuende für diesen fremden Aufenthalt. Calw schon unverwechselbar, als urbane Erscheinung sowieso, und als meine und in meiner Erinnerung.

April 2008

ANHANG

Hans Sahl

Vorwort zur Erstausgabe von „Der letzte Tag der Kindheit“ (1986)

Utz Rachowskis Erzählung gibt zum Nachdenken Anlaß. Hier ist ein junger Autor, der die Konflikte unserer Zeit am eigenen Leibe erfahren hat und sich trotzdem nicht abschrecken läßt, ein Deutsch zu schreiben, das an die beste Tradition deutscher Prosa anknüpft. Utz Rachowski kennt die Probleme des Erzählens, er weicht ihnen nicht aus, er hat den Mut zu jener vielsagenden Einfachheit, die man Dichtung nennt. Die Beschreibung der Natur, die Schilderung von Menschen in einem ländlichen Milieu ist zugleich behutsam und präzise. Hier geht es um gute handwerkliche Arbeit. Utz Rachowski zeichnet mit fester Hand ein Gesicht, eine Haltung, eine Stimmung – die Stimmung einer Kindheit im Vogtland, voll von Erinnerungen an bestimmte Gerüche, Farben, Worte, Sätze: den Geruch von Flieder und blühenden Obstbäumen und den Geschmack von Eingemachtem im Keller der Großmutter, übrigens eine Figur, die man nicht mehr vergißt.

Utz Rachowski hat die Fähigkeit, in der Idylle auch das Unheil, das ihr droht, anzudeuten, den Krieg im Frieden. Visionen von großer Eindringlichkeit tauchen auf, etwa die eines toten Offiziers, der mit gespaltenem Schädel, auf seinem Pferde liegend, vorbeireitet. Dies alles gesehen aus der Perspektive eines Kindes, das noch keine Zusammenhänge erkennen kann, sondern nur Einzelheiten, die sich einprägen, wie z.B. der schwarze Badeanzug eines Mädchens, das Martina heißt, oder die kleine bucklige Frau, vor der das Kind ausreißt, weil sie Leichen wäscht ...

„Der letzte Tag der Kindheit“ ist ein Stück Prosa, von dem man sich ungern trennt. Es hat die Qualität eines vergilbten Familienalbums, in das man sich vertieft, als ob man es noch nie vorher gesehen hätte.

Hans Sahl
New York, 20. 2. 1985

Walter Schmitz

Die Erfahrungen des Schriftstellers Utz Rachowski in drei deutschen Staaten

Ich möchte Utz Rachowski einen Erfahrungsschriftsteller nennen. »Schließlich kann keine Literatur mit ihrem Zynismus das wirkliche Leben übertrumpfen«, heißt es einmal bei Anton Tschechow, in einer Passage, die Utz Rachowski seinem Band *Erinnerungen an eine Jugend. Essays / Akten / Tagebuch* (1995) als Motto vorangestellt hat. Auf der Dreiheit von essayistischer Reflexion, aktenmäßiger Dokumentation und subjektivem Tagebuchnotat, wie sie der Untertitel jenes Bandes benennt, baut Rachowskis Erzählen auf. Nicht das ›innere Erlebnis‹, ebenso wenig die scheinbare Verläßlichkeit des bloßen Dokuments verbürgen die Authentizität seines Schreibens, sondern die ›Erfahrung‹, die politisch-gesellschaftliche Umwelt im Spiegel des Ich. Sensibilität der Wahrnehmung und Genauigkeit der Beschreibung müssen für einen Schriftsteller wie Utz Rachowski übereinkommen; die ›Erfahrung‹ ist nur mitteilenswert, wenn einerseits ihr Anlaß in der Welt genau wahrgenommen – und das heißt auch: begriffen – wurde, wenn aber andererseits das schreibende Ich überhaupt zur überraschten oder bestürzten Wahrnehmung dessen fähig ist, was sonst in der Verdrängungsroutine des Alltags als ›normal‹ gilt. Hans Sahl hat deshalb dem Erzähler Utz Rachowski eben den »Mut zu jener vielsagenden Einfachheit, die man Dichtung nennt,« zugeschrieben.[1]

Damit rückt Rachowski – und auch dies hätte der Exilant Hans Sahl aus eigener Erfahrung kommentieren können – an den Rand eines Literaturbetriebes, der sich für den zentralen Ort von Literatur hält, während diese zur Nebensache wird. In einer ›postmodernen‹ Literatur, der die Welt eine Konstruktion bedeutet, der man genießend oder ironisch beikomme, in einer Professionalisierung, die den Betrieb in Gang

[1] Hans Sahl: Vorwort. In: Utz Rachowski: Der letzte Tag der Kindheit. Berlin: Oberbaum Verlag 1987, S. 9 f., hier S. 9.

halten muß, ist der Lebenstakt der Erfahrung schwerlich einzubringen. Utz Rachowski findet sich unter jenen Opfern des DDR-Regimes, deren Erfahrung offenkundig nicht auf die Tagesordnung gehört. Es gibt die pathetischen Opfer, die in der Geschichte deutscher Literatur seit der Literaturrevolte der ›Moderne‹ eine alternative Tradition bilden, und es gibt die Opfer, die man vergißt. Utz Rachowski nimmt – aus eigener Erfahrung – diese Genealogie aufmerksam wahr: Neben Georg Büchner, der Ikone literarischer Revolutionsmärtyrer, steht für ihn deshalb der junge Minnigerode.

Rachowski schätzt Georg Büchner, geschrieben hat er nicht über den revolutionären Schriftsteller, und auch nicht über dessen ›Kunstfigur‹ Georg Woyzeck, sondern geschrieben hat er über jenen »Christian Woyzeck, der der Sündhaftigkeit seiner Marie mit dem Messer beizukommen versuchte«[2] und im Jahre 1824 hingerichtet wurde, – und zwar, wie Wolf Biermann meint, einen seiner besten Texte.[3] Dieser Text ist »ein innerer Monolog des armen Mörders, auf dem Weg zum Blutgerüst auf dem Naschmarkt«, ein nüchterner Text, frei von wohlfeilem Moralisieren, aber ein Text, der das Opfer selbst zu Wort kommen läßt.[4] Geschrieben hat Rachowski über die ›Namenlosen‹, die in der Tradition der Sieger vergessen werden: »ich weiß die Namen«, versichert der Erzähler.[5]

Von Karl Ludwig Minnigerode ist kaum einmal die Rede gewesen in der Geschichte der Deutschen. Utz Rachowski hat ihm einen Essay gewidmet, der den Titel trägt: *Red' mir nicht von Minnigerode.*[6] Georg Büchner soll ja, als er auf dem Totenbett lag, wohl in seinen Fieberträumen immer wieder den Namen dieses Schulfreundes gerufen haben,

[2] Utz Rachowski: Das Eichsfeld oder Die endlose Fahrt. In: Ders.: Namenlose. Berlin: BasisDruck 1993, S. 140-155, hier S. 146.

[3] Vgl. Wolf Biermann: Eine kleine Rede über Utz Rachowski am 13. 11. 91 in Fellbach. In: Rachowski, Namenlose (wie Anm. 2), S. 185-190, hier S. 189.

[4] Ebd., S. 190.

[5] Utz Rachowski: Die Namenlosen. In: Ders., Namenlose (wie Anm. 2), S. 132-139, hier S. 139. – Und nochmals ebd.: »Namen, die zu viele sind für Papier, Namenlose, deren Namen ich kenne, tot in einem Krieg, der keinen Namen hat, und der seine Toten nicht zählt.«

[6] Er gibt der jüngst erschienen Sammlung den Titel: Red' mir nicht von Minnigerode. Dresden: Thelem 2006.

jenes jungen Mannes, der aus dem Kreis der Giessener und Butzbacher Verschwörer als einziger verhaftet, ins Gefängnis geworfen wurde und trotz des Einflusses seiner Familie – der Vater war Gerichtspräsident am Hof zu Darmstadt – die Haft nicht überlebte. Am 1. August 1834 festgenommen, starb Minnigerode im Gefängnis. Der Freund Georg Büchner ging ins Exil, fand literarische Förderung, verlobte sich in Straßburg, wurde Privatdozent in Zürich, starb ebenfalls früh. Zu seinen Lebzeiten erschien die Revolutionstragödie *Dantons Tod* in einer von Karl Gutzkow vorsorglich bearbeiteten Fassung. Zu den Siegern der Geschichte zählte auch Büchner nicht, doch die Erinnerung hat, was ihn angeht, die Maßverhältnisse revidiert. Schon Ende des 19. Jahrhunderts änderte sich der Kanon – nicht mehr die repräsentativen Klassiker der Nation, sondern die anderen, die Verfolgten, die Kranken, die Genialen, denen wenig Verständnis und kaum Förderung, kein Ruhm zu Lebzeiten zuteil wurde, sie korrigierten – für eine Weile – das Bild der Deutschen von sich selbst: Büchner, Hölderlin, Kleist oder auch – als einzige Frau – Bettine von Arnim gelangten in dieses alternative Pantheon. Von Minnigerode war weiter nicht die Rede. Er gehörte auch im Kampf um die Erinnerung nicht zu den Siegern – warum auch? Ein Werk hat er nicht hinterlassen, viele sind jung gestorben, auch die Kämpfer müssen Erfolge vorweisen, wenn sie für die Nachkommenden interessant bleiben wollen, zumindest ihr Scheitern muß großartig sein. *Red' mir nicht von Minnigerode.* Die Erfahrung des kurzen Lebens dieses jungen Mannes war mehr als bitter. Er hatte sich aufgelehnt und dafür mit dem Tode bezahlt.

Minnigerodes fast unbemerktem Tod entsprach die Löschung des Gedenkens an ihn, die Verfolgung noch über den Tod hinaus. Diese Techniken haben die Machthaber seither perfektioniert: »Ungehört, ohne Geräusch, lautlos beinahe, kommen die neuen Urteile daher. Von niemandem wahrgenommen als von den Verfolgten selbst. Diese gibt es.«[7] In der Diktatur wird geleugnet und vertuscht, was geschieht. Und

[7] Utz Rachowski: Red' mir nicht von Minnigerode. In: Ders., Minnigerode (wie Anm. 6), S. 64 ff., hier S. 64.

nach der Diktatur zeigt sich, daß ihre Strategien extrem waren, aber nicht völlig einmalig; die Machttechniken wandeln sich, doch die Opfer bleiben dieselben. Und wer von der Realität der Verfolgung Zeugnis gibt, stört das gute Gewissen der Unbetroffenen: »Jene aber fehlen. Jene aber, gelangweilt von diesen, den alten Namen der Verfolgten und den neuen, bist du, der schon alles weiß, klug genug, wie du es sagst, her von früher. Red' mir nicht von Minnigerode und diesen anderen, deren Namen keiner kennt. Was mit Büchner war, hatten wir hier vor der Haustür.«[8] Die ›Erfahrung‹ des Unrechts überbrückt die Zeiten.

Ich möchte Utz Rachowski in diesem Sinn einen Erfahrungsschriftsteller nennen, ihn damit in die literarische Konstellation fast eineinhalb Jahrhunderte nach Minnigerode stellen, in das Jahrhundert der Diktaturen, das die Zahl der vergessenen Opfer fast unzählbar gemacht hat, und zudem noch in die literarische Konstellation von West- und Ostdeutschland.

Im Jahr 1965 wurde eine Maxime aus einem eben erschienenen Roman – *Mein Name sei Gantenbein* von Max Frisch – schnell zum geflügelten Wort: »Ein Mann hat eine Erfahrung gemacht, jetzt sucht er die Geschichte dazu.« Seit längerem war das Identitätsproblem in der nachgeholten Moderne der westlichen deutschsprachigen Länder zum »Markenzeichen« einer anspruchsvollen Literatur avanciert.[9] Die Pluralisierung von Lebensläufen, die Verwandlung des Individuums in ein ›Multividuum‹, wie sie Martin Walser konstatiert hatte, dies alles initiierte eine literarische Suche nach dem archimedischen Punkt in der Existenz des Menschen selbst. Vielleicht war deren Wahrheit nicht mehr sagbar, aber sie konnte sich zumindest in der Vielfalt möglicher Geschichten als verläßliches Muster ausprägen. In solchem ›Spiel‹ des Geschichten-Erfindens bildet sich das Muster einer Existenz ab. Die Geschichte nahm freilich ungerührt von diesen Suchbewegungen ihren eigenen Gang. Die so genannte 1968er Generation versuchte in Protest,

[8] Ebd.

[9] Die Formulierung vom ›Markenzeichen‹ gebraucht Max Frisch, dieser Identifizierung überdrüssig.

Provokation, innergesellschaftlicher Aggression und entschieden linker Politisierung, Geschichte und Geschichten der einzelnen wieder zusammenzuzwingen, kam jedoch nach wenigen Jahren des revolutionären Optimismus wieder bei der Sorge um das eigene Ich an. Daß sich im Osten Deutschlands, der damaligen DDR, eine strikt antithetische ›Erfahrung‹ entwickeln könnte, war dabei im Westen den wenigsten bewußt. Man kannte die literarischen Zeugnisse einer identitätszweifelnden DDR-Literatur. Was aber die Aneignung dieser gesamtdeutschen Thematik von Identität und Identitätsspaltung etwa bei Christa Wolf doch dem Vorbild Uwe Johnsons – und damit einer Erfahrung des Exils – schuldete, blieb gleichfalls undiskutiert. Utz Rachowski, damals ein Schüler im Vogtland, hatte schon den Aufbruch 1968 ganz anders erfahren. Der in der Tschechoslowakei erhobene Anspruch des Volkes auf Freiheit wurde in der Geschichte erst gar nicht zugelassen. Panzer unterdrückten ihn; »500 000 ausländische Soldaten« überschritten »die tschechoslowakische Grenze.«[10]

Rachowski wuchs in einem Staat auf, der die Erkenntnisse über den Sinn der Geschichte beanspruchte und die Verfügungsmacht über den Gang der Geschichte auch gewaltsam durchsetzte. Die Geschichten, die der einzelne erleben konnte, wurden von der Kollektivgeschichte überschrieben. »Geschichten vergehen zu Nichts / während gnadenlos Geschichte passiert.«[11] So wird der Staat DDR zur Instanz der Lüge und der Sprachverwirrung, wird – wie es schon seit den fünfziger Jahren eine Kennmetapher festhält – zum ›Turm zu Babel‹.[12] Damit wird die Literatur im Kern, in der Sprache selbst, gefährdet; hier gilt es, die Wahrheit des Wirklichen schreibend zu bewahren; Literatur wird

[10] Utz Rachowski: Der letzte Tag der Kindheit. In: Ders., Der letzte Tag (wie Anm. 1), S. 9-21, hier S. 21.

[11] Ders.: Nachricht aus der Fremde. In: Ders.: Mein Museum. Gedichte aus 19 Jahren. Dresden: Hellerau Verlag 1995, S. 39.

[12] Vgl. Johannes R. Bechers Gedicht *Turm von Babel* in Johannes R. Becher: Gesammelte Werke. Bd. 6: Gedichte 1949-1958. Berlin: Aufbau 1973, S. 40; noch Hans Mayer, der – nach einer hoffnungsvollen Neuanfang nach dem von Nazideutschland erzwungenen Exil in Leipzig – dann 1963 die DDR verließ, stellt seine Erinnerungen unter dieses Zeichen: Der Turm von Babel. Erinnerungen an eine Deutsche Demokratische Republik. Frankfurt a. Main: Suhrkamp 1991.

Zeugenschaft. Und das ist die Erfahrung, die Utz Rachowskis Leben und Schreiben geprägt hat: »Das läßt sich nicht erfinden«,[13] – muß aber beschrieben werden. »Was die Exilierten der Geschichte entgegenzustellen haben", – so nochmals Hans Sahl – „sind ihre Geschichten, ihr Schreiben.« Die Autobiographie legitimiert jedes Erzählen bei einem Autor, der Zeugnis ablegen will.[14] Und wenn das ›Spiel‹ der westlichen Literatur noch nach einer Verbindung mit der Wirklichkeit sucht, so ist die Erfahrung der Dissidenten im Osten Europas unabweisbar wirklich: »Es war kein Spiel.«[15] »Seht euch die Erfahrungen der Dissidenten an,« mahnt Rachowskis Freund Jürgen Fuchs die BRD-Öffentlichkeit, »die sind wichtig, weil sie das Unmenschliche des dortigen Systems zeigen, wovon wir immer geredet haben, die meisten Linken wollten aber davon nichts hören. Jetzt gibt es Schriftsteller, die mit ihrer Biografie und ihren Büchern nachweisen, was vielen angetan wird mit Mauer und Diktatur.«[16]

Die Stationen seiner Erfahrung hat Rachowski in dem Essay *Mein Gefängnis* knapp skizziert.[17] Aus dieser Erfahrung ergaben sich andere Geschichten: »Und warum werden, erzählt man eine Geschichte, immer so viele daraus?«[18] Es sind diese besonderen Geschichten, denen der Schriftsteller Utz Rachowski verpflichtet bleibt. Er spricht, wie es in einer der raren verständnisvollen Kritiken heißt, von »den Geschichten betroffener Menschen, die ja die Geschichte selbst ausmachen«.[19] Es

[13] Utz Rachowski: Die Farben des frühen Fuchs. In: Ders., Minnigerode (wie Anm. 6), S. 106-118, hier S. 108.

[14] Vgl. Walter Schmitz: Erinnerte Shoah? Literaturwissenschaftliche Anmerkungen zur Literatur der Überlebenden. In: Erinnerte Shoah. Die Literatur der Überlebenden. The Shoah Remembered. Literature of the Survivors. Hg. v. Walter Schmitz. Dresden: Thelem 2003, S. 497-521.

[15] Utz Rachowski: My Huckleberry Friend II. In: Ders., Minnigerode (wie Anm. 6), S. 124-133, hier S. 131.

[16] Jürgen Fuchs: Literatur, die im Knast entsteht. In: Deutsches Allgemeines Sonntagsblatt, 19. 4. 1987.

[17] Vgl. Utz Rachowski: Mein Gefängnis. In: Ders., Minnigerode (wie Anm. 6), S. 154-184.

[18] Utz Rachowski: Brotnacht. In: Ebd., S. 46-49, hier S. 49.

[19] Ders.: »Die Wenigen und die Vielen« – Ist alter Mut übertragbar? (Eine Rede vor ehemaligen Bautzen-Häftlingen). In: Ders., Minnigerode (wie Anm. 6), S. 248-256, hier S. 251.

sind Geschichten von Minnigerode und seinen Nachfahren, und sie lassen sich mit dem Stand der literarischen Kunst und ihrer Instanzen nicht ohne Weiteres verrechnen. So bleibt Rachowski ein wenig bekannter Autor, nicht gerade ein ›Minnigerode der Literaturgeschichte‹, aber einer, dem, wie ihm 1992 der damalige Feuilleton-Chef der *Frankfurter Allgemeinen Zeitung* Frank Schirrmacher erklärte, eigentlich ›nicht zu helfen‹ ist.[20]

1. *Kindheitsraum*

Vielleicht ist die ›Kindheit‹ »die zentrale Metapher in Rachowskis Texten«[21]. Gespalten jedoch ist das sonst mit der ›Kindheit‹ des Menschen verbundene, in der deutschen Kultur so hochgehaltene Konzept ›Heimat‹ unter dem Druck und Anspruch der ›sozialistischen Heimat‹ DDR.[22] Selbst im Vogtland, wo der Junge aufwächst - scheinbar fernab von den Zentren der Macht –, begrenzt der Staat den Zeit-Raum ›Kindheit‹, läßt nur noch einen immer mehr schrumpfenden Rückzugsraum zur Entfaltung des Kindseins und setzt schließlich eingreifend der Kindheit ein abruptes Ende. *Der letzte Tag der Kindheit* markiert den Einbruch der Geschichte in diesen Kindheitstraum.[23] »Da unten im Vogtland, nahe der Grenze zur Tschechoslowakei, wurden ja die Truppen der Nationalen Volksarmee schon vorher wochenlang in den Wäldern zusammengezogen. Dort warteten sie auf den Marschbefehl, um 1968

[20] Vgl. Utz Rochowski: Das Wiederfinden der Erdbeben. In: Ebd., S. 208-211.

[21] Jörg Bernig: Leise Schreie aus Leben. Nachwort. In: Rachowski, Minnigerode (wie Anm. 6), S. 257-262, hier S. 257.

[22] Vgl. auch zur deutsch-deutschen Differenz meine Studie: Zwischen Ursprung und Utopie. Heimatsuche in der deutschen Literatur und im deutschen Film der 70er Jahre. In: Regionaler Fundamentalismus? Geschichte der Heimatbewegung in Stadt und Land Oldenburg. Hg. v. Museumsdorf Cloppenburg, Kulturamt der Stadt Oldenburg u. Stadtmuseum Oldenburg. Oldenburg: Isensee Verlag 1999, S. 230-251, hier S. 234. Zu ›identitätswahrenden‹ Funktion von erlebter ›Heimat‹ in der DDR vgl. als erste Übersicht Frank Hafner: ›Heimat‹ in der sozialistischen Gesellschaft. Der Wandel des DDR-Bildes im Werk Günter de Bruyns. Frankfurt a. M. u. a.: Peter Lang 1992, S. 35-54.

[23] Vgl. Rachowski, Der letzte Tag der Kindheit (wie Anm. 10).

gemeinsam mit den Warschauer-Pakt-Brüdern den Prager Frühling niederzuschlagen.«[24] Als die Panzer durch den kleinen Ort im Vogtland rollen, als der ältere Bruder verzweifelt versucht, die Okkupationsarmee aufzuhalten, da wird dem kindlichen Erzähler schockartig deutlich, daß eine menschliche Geschichte in Mitteleuropa noch weiter unmöglich bleibt. Spuren einer Subversion und Zerstörung von ›Kindheit‹ durch Staatsgewalt sind in vielen Erzählungen Rachowskis nachgezeichnet.

Umgrenzt und unterwandert wird die authentische Erfahrungs- und Lebenswelt von der Lüge. Die Erzählung *Brotnacht* ist unter ein Motto von Wolf Biermann gestellt: »Sie stopfen der Wahrheit das Maul mit Brot / Und was wird bleiben vom Brot? / Daß es gegessen wurde.«[25] »So ist das immer«, folgert zuletzt die Großmutter dem Kind – »Prüfe die Nachricht, ehe du sie frißt, das mußt du dir merken.«[26] Denn sie »mißtraut den Nachrichten ein Leben lang, den guten, den bösen. Die Nachrichten beginnen sich zu verwirren, wenn sie alt wird, die wahren, die erfundenen, quälen sie.« »Eine seltsame Sage«,[27] bildet das Zentrum eines Textes, der von Metaphern gegliedert, schließlich die Prägnanz der Exempelerzählung erhält – abermals die Worte der Großmutter: »Ja, wir haben alle viel zu lange das Brot des Bösen gegessen. Als hätten wir nicht gewußt, was davon bleiben wird.«[28] Im Kindheitsmodell formuliert Utz Rachowski – ohne programmatische Markierung, ›einfach‹ erzählend – zwei der grundlegenden Parameter seiner Poetologie, die unverfälschte Erfahrung und das verläßliche Zeugnis. Denn das Kind bekräftigt die Erfahrung: »Ich habe alles gesehen und gehört.«[29]

Beide male ragt gleichsam die Großmutter aus einer anderen Zeit als Figur des menschlichen Maßstabs und der Wahrheit in die sich korrumpierende Gegenwart. Die Herkunft gibt einen Rückhalt gegenüber der

[24] Biermann, Kleine Rede (wie Anm. 3), S. 186.
[25] Rachowski, Brotnacht (wie Anm. 19), S. 46.
[26] Utz Rachowski: Die einzige Fahne. In: Ders., Minnigerode (wie Anm. 6), S. 13 f., hier S. 13.
[27] Ebd.
[28] Rachowski, Brotnacht (wie Anm. 19), S. 48.
[29] Ebd.

von den Mächtigen geplanten Zukunft. – Zur Herkunft gehören für Utz Rachowski vor allem die polnischen Vorfahren. Die zweite Hälfte des Gedichtes *Über das slawische Herz* lautet:[30]

Das slawische Herz ist die Träne im Lachen
des Menschen,
mit der er Abschied vom Lachen nimmt, bis
zum letzten
Abschied.

Das slawische Herz ist der Tropfen
Wermuth in der Quelle
der Liebe, die Schramme am blinkenden
Schwert des Todes,
der Rotdorn im Auge der Feigheit, der Rost
an den Stützen
der Welt.

Das slawische Herz liegt zu Füßen der
Schönheit und sitzt
der Macht im Nacken.

Das slawische Herz erhältst du, wenn du dir
zuerst an die
Brust schlägst und dann an die Stirn.

Dann liegt es in deiner Hand, das slawische
Herz zu finden.

Wolf Biermann schreibt sogar Rachowskis Erzählen ›östliche Tugenden‹ zu, »die es im Westen genauso gibt, aber vielleicht seltener: altmodische Leidenschaft, moralischer Ernst, melancholischer Humor.«[31] In der

[30] Utz Rachowski: Über das slawische Herz. In: Ders.: Mein Museum (wie Anm. 11), S. 29 f., hier S. 30.
[31] Biermann, Kleine Rede (wie Anm. 3), S. 187.

Identifikation mit seiner polnischen Herkunft bekennt sich Rachowski jedoch stets auch zur Erbschaft des Widerstands – und der Dichtung als Widerstand. Polen, das »Land der Poesie«,[32] hat unter kommunistischer Herrschaft eine Kultur des Mutes hervorgebracht: »Polen wurde für mich zu einer Offenbarung, die Jazzkeller, die Theater, die Zirkel der Intellektuellen.«[33] So liest Rachowski nach einer Polen-Reise im RIAS die Gedichte des Tomasz Jastrun: »Auf deutsch, mit meiner Stimme, las an gegen *die aus Lügen, gutbezahlte, die sich Stimme der DDR nannte.* Wenn wieder ein Sender Gleiwitz als überfallen gemeldet worden wäre, wollte ich meine Arbeit getan haben. Ich habe einen polnischen Nachnamen und wußte, daß auch die Lehrerinnen und Redakteure in der DDR ihre Arbeit tun würden. Ich verzeihe ihnen nicht.«[34]

2. Genealogie / Spurensuche

In der Erzählung *Väter und Söhne*, Rachowskis »erste Veröffentlichung im Westen überhaupt«, deren »Titel nicht nur zufällig mit Arbeiten von Hemingway und Turgenjew« korrespondierte, kommt die ›Verteidigung der Kindheit‹ in der Geschichte zum Austrag: »Das Verhältnis zwischen den Generationen unter den Bedingungen von Diktatur, das war also angesprochen.«[35] Die Autoren, die aus der ›in die DDR hineingeborenen‹ Generation stammen, fragen in ihrer Familiengeschichte zugleich nach

[32] Utz Rachowski: Wer ich bin, woher ich komme und wie ich Friseur wurde. (Autobiographische Notiz). In: Ders., Namenlose (wie Anm. 2), S. 156-167. Vgl. die genealogische Beglaubigung durch die »Großmutter, aus dem Land der Poesie kommend, die den Schirm ihrer Güte über unsere vielfach bedrohte Kindheit aufspannte. « (Ebd., S. 158).

[33] Ders.: In abgelegener Provinz. In: Ders., Minnigerode (wie Anm. 6), S. 100-105, hier S. 103.

[34] Ders., Huckleberry Friend II (wie Anm. 16), S. 128 (Hervorhebung W. S.).

[35] Ders.: Ich will Roger Loewig nicht vergessen. In: Ders., Minnigerode (wie Anm. 6), S. 134-136, hier S. 134.

der – offiziell geleugneten – Genealogie der »zwei ineinander übergegangenen deutschen Diktaturen«.[36]

In der genealogischen Erzählung verbirgt sich ein poetologisches Bekenntnis. Es geht auch zunächst um den richtigen und falschen Umgang mit Büchern. Das Leben des Vaters freilich ist hinter Büchern gut verborgen. Sie bilden eine kompakte Wand. Erst wenn man hinter sie zu dringen vermochte, fand man ein Buch, das viel preis gab, man fand die Bibel des Vaters mit seinen Anstreichungen. Diese Anstreichungen funktionieren das Buch um. Es sind die Anstreichungen eines Antisemiten. Aber der Mißbrauch widerlegt nicht das Buch. Für den wahren Text der Bibel vielmehr wird in der deutschen Geistesgeschichte gekämpft, seit es Protestanten gibt. Der geschriebene Text muß lebendig werden im Akt des Protestierens. Protestieren bedeutet, die tote Schrift in lebendige Wirklichkeit zu übersetzen. Zuerst war es Luther, der sich bei seiner Übersetzung in dieser mitteldeutschen Geschichtslandschaft gegen den Teufel selbst zu wehren hatte: »Vielleicht gibt es auf der Welt gar nicht so viele Tintenfässer, wie unbedingt nötig, um sie allen Teufeln an den Kopf zu werfen, die einem an den Hals wollen. Ein paar Gläser habe ich, Ökonomie der Seele und des eigenen Halses, gutverteilt auf Papier ausgeschüttet. Das Beispiel steckt an.«[37] Die Chance, eine andere Stimme aus der Bibel zu hören, hat der Vater ausgeschlagen, seine Lektüre bricht ab. Er »zieht mit zwanzig als SS-Anwärter und Schütze in den Krieg gegen Polen, sein Geburtsland, aus dem sein Vater zehn Jahre vorher geflohen war, um nicht Soldat werden zu müssen.« Er nimmt nicht zur Kenntnis, was Tadeusz Borowski, der Auschwitzhäftling, der dann 1951 Selbstmord begeht, zu bezeugen hatte, den Mord und das Verbrechen. Er kommt in ein anderes Lager und dieses Lager empfindet er als Soldat, der seine Pflicht getan hat, als Ungerechtigkeit. Er entflieht

[36] Jörg Bernig/Utz Rachowski: »Kehre nie zu einem Ort deiner Vergangenheit zurück!« Ein Gespräch. In: Rachowski, Minnigerode (wie Anm. 6), S. 215-238, hier S. 222. Vgl. die gekürzte Fassung dieses Gesprächs in: Literaturlandschaft im Wandel. Gespräche zur literarischen Kultur in Sachsen und Ostdeutschland 1990-2005. Hg. v. Jörg Bernig u. Walter Schmitz. Dresden: Thelem 2006, S. 165-177.

[37] Utz Rachowski: Der Vater. In: Ders., Minnigerode (wie Anm. 6), S. 71-95, hier S. 76; folgende Zitate: Ebd., S. 84; S. 89.

der Kriegsgefangenschaft, nicht ohne einen weiteren Text zu produzieren, den Abschiedsbrief an seinen Oberst, der ihn nicht der Fahnenflucht verdächtigen soll. Er sei vielmehr gezwungen gewesen, in der ›Unnormalität‹, welche ihm die Sieger aufzwängen, nun doch vor allem »das Schicksal meiner Frau nun wieder selbst in die Hand zu nehmen«. Schließlich habe er nur, so wie es auch die Besatzungsarmee beanspruche, auf Befehl eines Höheren gehandelt. Die Sprache der Unbelehrbarkeit ist fixiert. Der Vater wird nie mehr anderes hören. »Die wenigen Zeugen unter den Überlebenden, jene, denen noch etwas an Sprache, etwas von der Möglichkeit zu sprechen, angesichts des Geschauten geblieben ist, finden keinen Glauben, werden einige Jahrzehnte nicht gehört.«[38] Die Täter integrieren sich, im Westen wie im Osten, wenn auch trotz aller Mühe nicht vollständig. Zu Hause leben sie das, was in der Öffentlichkeit nicht verarbeitet wird. Und so wurden die meisten »stille Büroangestellte, aber scharfe Aufseher über ihre Familien«.[39] Der Vater bleibt »ein jähzorniger, kaum berechenbarer Tyrann«, Rächer historischen Unrechts, das er sich angetan wähnt. Dies war die verdeckte, in der DDR nicht angenommene Schuld. Sie kommt nach dem Zusammenbruch der DDR wieder auf die Agenda, um neu verdrängt zu werden: »Und dieses falsche und immer feige taktierende Väterchen will nun zu Gericht sitzen über die neue, die dritte Schuld der östlichen Diktatur.« Beendet wird der Text am 15. 4. 1992, ob es zu einer vierten Schuld einer Verdrängung kommen wird, steht damals noch aus. Es gibt Indizien. Als Postskriptum wird ein Brief mitgeteilt, der an den Freund des Autors, an Hannes Stein gerichtet ist, einen Juden, der heute in Hamburg lebt, 27 Jahre alt ist und der in der FAZ einen Artikel mit dem Titel *Fun di ghettos un lagern* veröffentlicht hatte – die Sprache der Unbelehrbarkeit ist nicht verstummt.

[38] Ebd., S. 92; folgendes Zitat, ebd.
[39] Ebd., S. 93; folgendes Zitat, ebd.

3. Menschengemeinschaft / Freundschaft, Liebe – und Verrat

In der Abkehr vom Vater, in der Erfahrung einer Kindheit in der Obhut der ›Mütter‹ ist – im Erzählwerk Rachowskis – der Appell an ein selbstverantwortliches Leben geborgen, das sich nun jenseits der Kindheit behaupten muß. Denn das Aufwachsen in der Obhut der Elterngeneration, die Weitergabe von Lebenserfahrung, Schutz und Liebe zu Hause, Freundschaft – das sind die Werte, die ihren anscheinend nur privaten Charakter alsbald verlieren, wenn sie im Alltag des Staatslebens ungültig werden, wenn zu den üblichen Mißlichkeiten in der ›Prosa der Verhältnisse‹ noch wechselseitiger Argwohn, Bespitzelung, Unterdrückung kommen.

Das Idyll der Kindheit ist eine Utopie, in der Gemeinschaft der Menschen und Kommunikation zwischen den Menschen in eins fallen. Treuebruch und Lüge sind die entsprechenden Facetten des Verrats an der Utopie. Und wiederum beginnt der Verrat früh. Rachowski hat dazu abermals eine Schlüsselerzählung einer Erfahrungsfacette vorgelegt – die Geschichte eines Musterschülers mit der einen der beiden polaren, für Rachowskis Modell von Freundschaft gültigen Konstellationen: Das Erzähler-Ich, konfrontiert mit den Unangepaßten, den anderen. In dieser Erzählung *Auf Verlangen vorzeigen!* erweist sich der Erzähler als ein künftig Angepaßter. Er will nicht die Treue zum Freund, sondern die Willfährigkeit gegenüber den gesellschaftlichen Regeln und Zumutungen bewahren. »Ich würde bei denen bleiben, die immer die guten Zeugnisse haben, bei den anderen, das wusste ich jetzt, immer bei den Falschen. Niemals würde ich so glücklich, so voller Glück sein, es nie im Leben so können, wie mein Freund Mulei an diesem Nachmittag.«[40] Und hier interferieren Biographie und literarische Reflexion Rachowskis in der Bestätigung des Wertes: die Freundschaft als erfahrene Solidarität für ein Leben in Wahrheit. Statt sich um gute Zeugnisse und das Wohlge-

[40] Utz Rachowski: Auf Verlangen vorzeigen! In: Ders., Minnigerode (wie Anm. 6), S. 20-22, hier S. 22.

fallen der Mächtigen zu sorgen, gilt es, Zeugnis abzulegen für die Wahrheit – zuerst für die wahre Freundschaft: »Alle waren wir Freunde«.[41]

Im Freundeskreis entsteht die Liebe, die Gemeinschaft zweier Menschen in Wahrheit und Wirklichkeit. Sie überwindet die Geschichte und deren Zerstörungswerk, sie verwandelt den Menschen und die Tristesse eines versehrten Landes. Für gewöhnlich »vollzieht sich unter dem Gesetz der Zeit, das über allem steht, die Monochromie des menschlichen Lebens«;[42] »vielfarbig bunt« ist allein die Liebe – »und überall gleich, nicht einmal der Regenbogen genügt den Menschen dieser einzelfarbigen Städte, wenn sie lieben.«[43] Doch oft genug wird die Wahrheit erst kenntlich, wenn sie verraten wird.

Die erste verstörende Erfahrung dabei ist die des Außenseiters, desjenigen, der zu einer Gemeinschaft nicht gehört – und sie damit als Kollektiv des Falschen kenntlich macht.

Die Tauben von Weimar heißt ein Gedicht von Utz Rachowski:[44]

Hier liefen
sie
um die Brunnen
und fraßen
Bockwurstreste

Hier lief
ich
davon mit
siebzehn
riß ab
von den Wegen
der Gemeinschaft

[41] Ders., Wer ich bin (wie Anm. 33), S. 163.
[42] Ders.: Die alte Stadt. Eine literarische Collage. In: Ders., Namenlose (wie Anm. 2), S. 168-183, hier S. 168.
[43] Ebd.
[44] Utz Rachowski: Die Tauben von Weimar. In: Ders., Mein Museum (wie Anm. 11), S. 13 f. (Hervorhebungen W. S.).

setzte mich
ins Straßencafé
und trank
den Becher
nicht leer

Sie liefen
vorbei
Goethe Schiller
Mittagessen
der Deutschlehrer
wies mit
dem Finger:
Hier seht ihr
unseren
Dichter

Die Schüler lachten

Ich blieb
sitzen
für immer

Die organisierte Erbepflege verhindert gleichsam das Erbe der Zukunft; Ulrich Plenzdorf hat diese, in der DDR mit ihrem staatsautoritären Kulturbegriff besonders schneidende Erfahrung ja bereits in der Konfiguration seiner *Neuen Leiden des jungen W.* angedeutet, wenn er den Part des philiströsen Ehemannes mit einem NVA-tüchtigen Germanisten besetzt.

»Sie liefen / vorbei / Goethe Schiller« – beziehungsreich reserviert Rachowski die eine Zeile, ehe er auf die Weimarer Dioskuren und Dichterheroen zu sprechen kommt, für das eine Wort: »vorbei«. Der »Deutschlehrer« dann stellt den heutigen »Dichter« gleichsam an den Pranger und macht ihn angesichts der großen deutschen Dichter zum Gespött. So bleibt der künftige Dichter im doppelten Sinne ›sitzen‹. In diesem Bildungssystem wird er niemals vorrücken können. Zugleich wird er mit dem konfrontiert, was es zu überwinden gilt, mit einer hinterhältigen, keineswegs einfachen, sondern boshaft beziehungsreichen Sprache. Indem er sie aber in ihrem Doppelsinn in seinen Versen noch überbietet, vermag er sie in einer neuen Dimension gleichsam aufzuheben: Denn sein ›Sitzenbleiben‹ ist – anders, als die lachenden Mitschüler und der höhnische Deutschlehrer es jeweils meinen – zugleich auch ein Akt der Widersetzlichkeit – »für immer«. Der Dichter ist der ruhende Pol gegenüber den Akteuren einer falschen Geschichte, die vorbei laufen und vergehen werden.

Das kurze, eindringliche Gedicht *Chinesischer Türhütergott* geht von dieser Erfahrung radikaler Belanglosigkeit aus, mündet aber in eine ebenso konsequente wie überraschende Inversion:[45]

> Schlagt an den Pfosten
> ihn ruhig.
>
> Es ist ohnehin nur Schein.
>
> Denn Gott behütet
> die Dichter nicht
>
> und vor ihnen
> schützt auch
>
> kein Gott.

Während Rachowski sonst die ›großen‹ Worte scheut, klingt hier Hölderlin an, ist vom ›Dichterberuf‹ die Rede; der ›Außenseiter‹, wenn er denn völlig ausgegrenzt ist, steht allem gegenüber, dementiert die Totalität des Totalitarismus, verkörpert allein die Alternative, die alles in Frage stellt. Auf die traditionelle Gottähnlichkeit des Dichters wird Verzicht geleistet, doch damit wird zugleich die Sprache jenes Gottes, der keiner ist, des Götzen der politischen Religion, negiert. Der Dichter legt Zeugnis ab. Die Worte des Dichters bezeugen die Wahrheit und damit in

[45] Utz Rachowski: Chinesischer Türhütergott. In: Ders., Mein Museum (wie Anm. 11), S. 15.

eines legt das Gedicht die Lüge in gleichlautenden Worten offen. Der Dichter ist der Mensch, der der Verführung zum Verrat widersteht. Deshalb gilt auch von der Poesie, daß sie ›die Liebe bewahrt‹,[46] und deshalb ist die Poesie »nicht verloren – solange wir leben!«[47] So beruft sich Rachowskis Gedicht auf das ›slawische Herz‹, gleichsam – wie das ›Herz‹ der Dichter seit je – das Lebensprinzip der Poesie und der Liebe. Die historisch politische Konnotation der Metapher aber ist ihm allein zu eigen.

Daher löst die Freundschaft der Jungen in der DDR gleichsam diesen Appell des ›slawischen Herzens‹ ein: »Der Freund«, so ist ein Abschnitt der *Erinnerungen an eine Jugend* überschrieben. Und dieser autobiographische Text führt in den jugendlichen Freundeskreis von Heranwachsenden, der jungen Leute in Reichenbach und Greiz. Sie nehmen die phrasenhaft gewordenen Vokabeln des Fortschritts ›einfach‹ ernst:[48]

DAS WORT REVOLUTION

Das haben
wir uns zugerufen
bis zum
Ausschankschluß der Mitropa.
Und die Hälse
verrenkt nach Leben.
Das haben
sie uns vorgelogen
jeden Tag.
Wir haben die Ohren
geschlossen und
vergessen schnell.

[46] Vgl. Ders., Das Wiederfinden der Erdbeben (wie Anm. 21), S. 210.
[47] Rachowski, Wer ich bin (wie Anm. 33), S. 167.
[48] Ders., Das Wort Revolution. In: Ders., Mein Museum (wie Anm. 11), S. 31.

Aber nie
unsere Scham
vor dem Wort

Revolution.

Bei Reiner Kunze können die Jüngeren – »Jürgen Fuchs, Arnold Vaatz, Utz Rachowski«[49] – erfahren, was es im Staat DDR bedeuten mag, das Wort der Poesie auf die Wahrheit zu verpflichten. Jürgen Fuchs ist dann für einen engeren Kreis Freund und Mentor geworden. »Alles schon da«, so schreibt Rachowski über ihn, »die Farben seines Lebens, abgesteckt die Themen, nach diesem Sommer 1968, als auch durch unsere kleine Stadt tagelang die Panzer der Armeen des Warschauer Paktes gerollt waren, eine nicht enden wollende Schlange aus Metall, ein Geschehnis, das die Atmosphäre dieser Kleinstadt wie eine Naturkatastrophe verändert hatte.«[50] In den *Erinnerungen an eine Jugend* wird mitgeteilt: »Abschrift von Postkarte (mit Bild) ... / Utz, kurze Mitteilung, eine von denen, die gewöhnlich mit ›leider‹ beginnen. / Am Sonntag wurde mir mitgeteilt, daß ich nicht dieses fragliche Objekt verlasse. / Man ist ausgeliefert. / Aber es werden sich Wege finden. Andere.« Über diese Wege debattiert der Kreis junger Leute. »Die Diskussionen wurden nicht zu Grundfragen der Philosophie geführt, sondern hauptsächlich zu Existenzialismus«, denunziert der Klassenlehrer der EOS Reichenbach,[51]

[49] Reiner Kunze nennt – exemplarisch – diese Namen in: Für die einen war ich sofort ein Feind. Gespräch mit Reiner Kunze am 11. Januar 2002 in Berlin. In: Stille Post. Inoffizielle Schriftstellerkontakte zwischen West und Ost. Von Christa Wolf über Günter Grass bis Wolf Biermann. Hg. v. Roland Berbig. Berlin: Ch. Links 2005, S. 89-99, hier S. 95.

[50] Rachowski, Die Farben des frühen Fuchs (wie Anm. 13), S. 111.

[51] Ders.: Die Akten des Menschengesangs oder Wie ein Staatsfeind entsteht. In: Ders.: Erinnerungen an eine Jugend. Chemnitz: Chemnitzer Verlag 1995, S. 20-54, hier S. 22. Dort auch das vorhergehende Zitat. – Die Wirkung des Existenzialismus in den kommunistischen Diktaturen, in der frühen DDR übrigens noch durch Johannes R. Becher vermittelt, späterhin im Samisdat kursierend, verdiente eine gründliche, vergleichende Untersuchung; stets bewähren sich diese Schriften, vor allem die Werke von Albert Camus, bei den Verfolgten, Dissidenten, Inhaftierten – sei es Václav Havel, sei es Imre Kertèsz – als eine Philosophie des Mutes; Rachowski beruft sich gelegentlich auf Camus' Feststellung, jede Diktatur sei »zu allererst bestrebt,

der weiß, daß die Besinnung auf die existenzielle Würde des Menschen staatsgefährdend sein kann. »Meine Freunde« zeigt ein Foto im Band *Erinnerungen an eine Jugend*, ein Erinnerungsfoto also – aufgenommen vom Staatssicherheitsdienst, von der ›Bühne‹ (einer Theateraufführung) in den Zuschauerraum – das Dispositiv des Handelns, wie es sich der Geheimdienst vorstellte: Die jungen ›Bürger‹ des Staates DDR als passive Zuschauer einer Inszenierung und als ahnungslose Objekte kalter Beobachtung zugleich.

Was aber ›Heimat‹ wäre, hatte nirgends einen Ort in der DDR, ließ sich nur noch dank Personen erfahren – in der Freundschaft zuerst. In der Topographie des Unheimisch-Werdens erweist sich gerade die Kindheits-Idylle, weil sie zunächst noch intakt schien, als trügerisch. Greiz vor allem ist in Rachowskis Erzählwelt ein solcher Ort der zerstörten Idylle.[52] Aus einer Sonnenwelt, einem Ort des Traums, wird der Ort eines entwendeten Lebens. Das Idyll hält der Belastung nicht stand. Es ist, wie es eine kleine Szene symbolisiert, darunter »zerstört und gebrochen«.[53] Die Lebensgefährtin des Erzählers wird in Greiz verhaftet, »in ihrer Tasche Bücher von Reiner Kunze und Alexander Solschenizyn, in ihrer Wohnung, noch eingespannt in der Schreibmaschine, eine Seite der Abschrift des Buches *Die wunderbaren Jahre*, Gedichte von mir daneben auf dem Schreibtisch.«[54] Späterhin, nach der Flucht aus der DDR, wird Reiner Kunze seinem veröffentlichten Tagebuch den Titel *Am Sonnenhang* geben, das einfache Zeichen einer jenseits des Exils wiederzugewinnenden Idyllik, die standhält. Denn sie ist nicht restlos der Geschichte verfallen, lebt vielmehr aus der Schönheit, die sich steigert zur Kunst. ›Poesie‹ – »Gedichte von mir« – und deren ›Mitteilung‹ durch Abschrift trotz Verbotes, das war in Rachowskis Text die poetologische Konstel-

gleichzeitig die Arbeit und die Kultur zu versklaven«. Utz Rachowski: Die zwölf Stühle des Siegfried Heinrichs. In: Ders., Minnigerode (wie Anm. 6), S. 154-184, hier, S. 170.

[52] Vgl. Utz Rachowski: Was ich von Greiz weiß. In: Ders., Minnigerode (wie Anm. 6), S. 96-99.

[53] Ebd., S. 97.

[54] Ebd.

lation des Widerstands, bedeutete – mit der Überschrift einer Erzählung von Jürgen Fuchs – *Das Ende einer Feigheit* samt allen Risiken der Verfolgung: »Heimlich dagegen sein«, so hatte er den Jüngeren klar gemacht, »hilft nicht. Nein sagen. Aufschreiben, was du siehst und hörst. Anfälle von Zweifel. Alles undeutlich machen, zerreißen, verbrennen. Ins Allgemeine heben. Ins Historische schieben. Lyrisch werden. Das doppelte Spiel fortsetzen. Aber es ist zu Ende.«[55]

4. Die Prosa der Akten

Die Folgen lassen sich in der Sprache der Akten formulieren. »R. stellte unter dem Einfluß des Staatsfeindes Fuchs, Jürgen, Aufzeichnungen her und entwickelte ein ›10-Punkte-Programm‹ zur Veränderung der gesell. Verhältnisse in der DDR.«[56] Von nun an laufen in der Lebenserfahrung Rachowskis, wie in dessen literarischer Arbeitsweise, zwei Sprachen nebeneinander. Die eine ist die Sprache des Staates, die ihn zum Objekt macht; Rachowski hat dies, im Rückblick des Exils als Konstante zum Aufbauprinzip eines Gedichtes gemacht – *Biografie oder Was die reden:*[57]

Jetzt kann Ihnen niemand mehr helfen
Sagte der Schuldirektor
Aus dir wird nie ein richtiges Rindvieh
Sagte der Lehrmeister
Ich trete Sie ins Kreuz
Sagte der Kompaniechef
Ihr Bettenbau ist Marke Nagasaki
Sagte der Zugführer
Um Sie wäre es doch schade
Sagte der Gruppendozent
Ich schlage Sie mit dem Kopf an die Wand

[55] Jürgen Fuchs: Das Ende einer Feigheit. Reinbek b. Hamburg: Rowohlt 1988, S. 38.
[56] Rachowski, Die Akten des Menschengesangs (wie Anm. 52), S. 52.
[57] Ders.: Biografie oder Was die reden. In: Ders., Mein Museum (wie Anm. 11), S. 37.

Sagte der Vernehmer
Jetzt haben Sie die Katze aus dem Sack
gelassen
Sagte der Richter
Und für Sie haben wir Geld ausgegeben
Sagte der CIA-Major

Ich
Bin schon da
Sagte der Igel

Die Aversion derer, die Geschichte machen, bleibt sich gleich; doppelsinnig aber ist die Schlußtransposition ins Märchen: Der ›Igel‹, der einfach ›sitzen bleibt‹, ist immer schon als Objekt der Rede zuhanden – aber er ist eben auch nicht loszuwerden. – Seinen Essay über Jürgen Fuchs aber beschließt Rachowski mit dessen frühestem bekannten Gedicht. Der Titel lautet: *Sprache (wegen Johannes Bobrowski)*; dies sind die letzten Zeilen:[58]

Sprache
Gehetzt
Von Pfiffen
verfolgt
Im endlosen Kampf
gegen das Schweigen der Menschen.

Doch nicht nur durch die Kommandopfiffe, sondern sogar durch die lauten Reden der Macht wird immer mehr das böse Schweigen, dass sie nur verdeckt werden sollte, kenntlich: »Aber manchmal stelle ich erstaunt fest, ist es zu laut gesagt, und was noch schlimmer zu sein scheint, schon geschrieben gewesen und zu lesen, bevor er es sagt, so bleibt nur sein offener Mund, der auf mich gerichtet ist, rot im schwarzen Bart«.[59] In der Konfiguration des musterhaften Beststudenten und SED-Mitglieds

[58] Ders., Die Farben des frühen Fuchs (wie Anm. 13), S. 118.
[59] Ders.: Kommilitonen. In: Ders., Namenlose (wie Anm. 2), S. 127-131, hier S. 128.

einerseits, des fremden, indischen Studenten Selvan andererseits ist dies in diesem Text *Kommilitonen* exemplarisch geworden – »meine Heimat aus Gut und Böse«.[60] Seither stellt Rachowski gegen die Prosa der Akten, die über ihn und den Kreis der Freunde stetig anwachsen, eine ›andere Sprache‹, die Sprache der Authentizität, die Poesie. Zu erfahren war sie in der Lektüre zunächst – von Prosa und Gedichten Bobrowskis und Reiner Kunzes, der für die jüngeren in diesem Kreis zum Vorbild wurde. Wie aber der Staat sich die Sprache aneignete, um die Wirklichkeit zu fälschen, war Jürgen Fuchs in Viktor Klemperers *LTI* dokumentiert worden.[61] In den Akten wird der Zugriff des Staates schließlich fixiert: Akten dekretieren ›Schöpfungsakte‹, sie richten die Menschen zu Objekten der Bürokratie zu. Rachowski zitiert Jürgen Fuchs: »ANDERE SCHREIBEN UNSERE BIOGRAPHIEN.«[62] Der Band *Erinnerungen an eine Jugend. Essays / Akten / Tagebuch* wird, wie ein Verbrecheralbum, mit Gefangenen-Porträts eröffnet: *Drei Verbrecher*. Die beiden ersten – ›Wilhelm Tell‹ und der ›junge Prinz‹ sind gleichsam die Simulationen des ›wirklichen Lebens‹ durch die Schöpfungs-›Akten‹ des totalen Staates; sie, die inhaftierten Menschen, erleiden eine ihnen zugeschriebene, zudiktierte Existenz: Das Aufrührertum des ›Wilhelm Tell‹, der einsame Aristokratismus des ›jungen Prinzen‹ sind lediglich Posen.

›In abgelegener Provinz‹ vollzieht sich diese Zerstörung eines Lebens, Rachowski hat sie in einem autobiographischen Essay mit diesem Titel nachgezeichnet, vorangestellt hat er den Schluß des kurzen Prosatextes von Hans-Joachim Schädlich, der ebenfalls diesen Titel trägt. Es ist das Modell einer Zerstörung der sich Widersetzenden durch die Gewalthaber: »Was zu tun ist? sagt der Gouverneur. Einige füttere ich, dass sie mir vorpfeifen, für andere stampfe ich mit dem Fuß auf. Den Dritten

[60] Ebd., S. 131.

[61] Vgl. Viktor Klemperer: LTI: Notizbuch eines Philologen. Berlin: Aufbau 1947. Rachowski zitiert diesen Aufsatz in seinem Essay über Jürgen Fuchs in: Die Farben des frühen Fuchs (wie Anm. 13), S. 113.

[62] Aus der Rede *Zur Auseinandersetzung mit den beiden Diktaturen in Deutschland in Vergangenheit und Gegenwart*, zitiert in: Rachowski, Die zwölf Stühle des Siegfried Heinrichs (wie Anm. 52), S. 151.

zertrete ich den Kopf.«[63] Schädlich hat das Modell – eine mögliche Matrize – für die biographische Erfahrung geschrieben.

Der Vater, die Lehrer – als Diener des Erziehungssystems[64] –, sie bereiten die entscheidende Stufe vor, die Verfügungsgewalt des Staates durch die Gefangennahme der als Gegner definierten Jugendlichen. Die Stadien der Zurichtung, beginnend mit den Phasen des Verhörrituals, werden präzise notiert:[65] »Schuldigmachen im Erstverhör« (158), »Mitwisser und Freunde werden zu Zeugen gemacht« (160), »Omnipotenz der repressiven Mittel – dein Zuhause – die Zelle – Widerstandformen« (164). Jetzt wird der Raum des Lebens vollends zur Illusion; das ›Gefängnis‹, längst die passende Metapher für den eingemauerten Staat DDR, wird real: »Die Zelle 231 Cottbus« und ihre Bewohner – Strafvollzug; dies ist die von nun an gültige Erfahrung Rachowskis.[66] Seinem Essay *Mein Gefängnis* steht deshalb ein Motto von Josef Brodsky voran: »Gefängnis ist tatsächlich eine Übersetzung der eigenen Metaphysik und Ethik, des persönlichen Geschichtsverständnis und noch einiges anderen mehr in die kompakte Ausdrucksweise des täglichen Verhaltens.«[67] – »Unversehens«, so heißt es in einer Rede Rachowskis vor ehemaligen Bautzen-Häftlingen, »durch das ... Ereignis der eigenen Verhaftung sah diese Gruppe von Autoren sich plötzlich den gar nicht glanzvollen, sondern ewigen, aber schmutzigen Themen wie Gefängnis, Kasernierung, physische und psychische Folter, Einzelzelle, Freigang usw. gegenübergestellt. Und wir nahmen das Thema an.«[68] Die Gefängniszeit war »eine Zeit wie Blei, die, kommt man lebendigen Leibes oder Geistes davon, niemand wird adäquat wiedergeben können, erzählen können.«[69]

[63] Hans-Joachim Schädlich: Versuchte Nähe. Zitiert bei: Rachowski, In abgelegener Provinz (wie Anm. 34), S. 100.
[64] Vgl. etwa Rachowskis Prosastücke: Der Menzer. In: Der letzte Tag (wie Anm. 1), S. 32-47, sowie den Abschnitt »Die Diktatur der Pädagogen« in: Rachowski, Die alte Stadt (wie Anm. 43), S. 172-182.
[65] Vgl. Rachowski, Mein Gefängnis (wie Anm. 18), dort die folgenden Zitate.
[66] Ders., My Huckleberry Friend II (wie Anm. 16), S. 124.
[67] Ders., Die zwölf Stühle (wie Anm. 52), S. 154.
[68] Ders., »Die Wenigen und die Vielen« (wie Anm. 20), S. 249. Vgl. zu den Gefängnis-Texten Bernig, Leise Schreie aus Leben (wie Anm. 22), S. 259.
[69] Ebd., S. 258.

1971: Ich werde auf Antrag der Erweiterten Oberschule wegen »Beleidigung von Offizieren der Nationalen Volksarmee«, »Linksradikalität« und »Zersetzung des Klassenkollektivs« relegiert. Ich arbeite auf dem Güterbahnhof als Transportarbeiter.

1971 bis 1972: Elektromonteurslehre.

1973 bis 1975: Armeedienst.

1974: Ich besuche Reiner Kunze, um ihm meine Gedicht zu zeigen, erzähle ihm die Geschichte meines Rausschmisses aus der Schule. Er schreibt das Prosastück *Fahnenappell*, das er in seinen Band *Die wunderbaren Jahre* aufnimmt. Kunze schützt mich durch Anonymität (Der Schüler N. in X.).

1975: Stärkerer Kontakt zu Jürgen Fuchs. Im Herbst besuche ich Wolf Biermann.

September 1976: Erneuter Besuch bei Jürgen Fuchs auf dem Grundstück Havemanns.

November 1976: Ausbürgerung Wolf Biermanns. Verhaftung von Jürgen Fuchs und anderen. Petition eines Teils der Schriftsteller der DDR an die Regierung.

April 1977: Eine Freundin, die Krankenschwester ist, wird auf dem Weg zur Frühschicht (Uhrzeit: 4.45 Uhr) in ein kurz haltendes Auto verbracht, zur Villa des MfS in Cunsdorf bei Reichenbach gefahren.

Mai 1978: Ich studiere inzwischen in Leipzig Medizin und habe den Kontakt zu den Reichenbacher Freunden etwas verloren. Diese werden Anfang Mai von ihrer Arbeit geholt und acht Stunden verhört.

Oktober 1978: Eine Freundin beobachtet, wie meine Leipziger Wohnung fotografiert wird.

Mai 1979: Ein Herr spricht bei meinen Vermietern in Leipzig vor und erkundigt sich nach dem bei mir verkehrenden Personenkreis, ob ich Musik hören würde, wann die Schreibmaschine ginge.

September 1979: Es klingelt, ich öffne. Ein Beauftragter für Wohnungswesen stellt sich per Ausweis mit Lichtbild vor. Auf seine Bitte lasse ich ihn ein. Es interessierten ihn nicht gelöster Deckenputz, defekte Installationsleitungen, eher schon Raumverteilung, Plakate, Zettelinschriften und Bücher. Als ich es bemerkte, beeilt er sich zu gehen.

Am 22. September 1979 wird M. verhaftet. Und ich schlafe nicht ein.

Am nächsten Tag werde ich in Reichenbach verhaftet. Es ist der 5. Oktober '79. Sie kommen am frühen Morgen.[70]

Die Chronik der Ausgrenzung und Einsperrung hat Rachowski selbst zusammengestellt; seine Erzählungen aber – vor allem *Die Akten des Menschengesangs oder Wie ein Staatsfeind entsteht* – verbinden poetologische Reflexion über Sprache und Erfahrungsbericht untrennbar; sie stellen die utopischen Potentiale von Liebe und Freundschaft auf die Probe – »und ich bitte Sie zu bedenken, alle hatten wir als junge Schriftsteller begonnen mit Liebesgedichten«.[71]

Wohl machte die Verfolgung selbst wiederum auch die Freiheit erfahrbar: »In einem Gefängnishof in Karl-Marx-Stadt, als ich die Liebe hinter Gittern sah, wußte ich, daß es zu kämpfen galt und der Preis herrlich sein würde.«[72] Hier entstehen neue Solidaritäten, und hier wiederholt sich aufs Äußerste verschärft jene Zerstörung des einfachen menschlichen Miteinanders, die bereits in der Kindheitswelt und in der Alltagswelt aufzuzeigen war.

Aber verläßlich funktionierte solche Dialektik nicht; vielmehr erweist sich das Gefängnis letztlich bloß als die sinistre Realität eines falschen Daseins, das schon längst auch die Lebenswelt durchdrungen hatte. Und analog dazu objektiviert sich in der Prosa der Akten nur jene ihr vorausgehende doppelsinnige Rede des Verrats, die der Sprache des Wirklichen noch zum Verwechseln ähnelt. Der Verräter tarnt sich als Freund und die Kommunikation mit ihm höhlt die Werte der Gemeinschaft aus, ja die Poesie selbst. Poesie – daran ist zu erinnern –, »das waren auch Beatles und Small Faces via Luxemburg und Saarbrücken, aus dem Äther gefiltert mit der geheimen Antenne unterm Dachboden«,[73] das war auch der Gesang, die Melodie des anderen, die Lieder

[70] Rachowski, Mein Gefängnis (wie Anm. 18), S. 155 ff.
[71] Ders., »Die Wenigen und die Vielen« (wie Anm. 20), S. 249.
[72] Ders., Mein Gefängnis (wie Anm. 18), S. 184.
[73] Ders., Wer ich bin (wie Anm. 33), S. 158.

der Freiheit: »Das ist die alte Stimme der Baumwollplantagen und Sklavenaufstände.«[74]

Der Sänger, der diese Lieder anstimmt, ist vielleicht die bewegendste Kennfigur des Verrats in Rachowskis Œuvre Josef Amica Herrmann, der als Titelfigur ›Kaspar Mauser‹ in Katja Lange-Müllers Erzählung wiederkehrt.[75] In der Genealogie der Figuren in Rachowskis erzählter Welt ist er Mulei verwandt, jenem anderen, den die biederen Mitglieder des Kollektivs der DDR-Deutschen nicht als gleichrangig anerkennen mochten. ›Amica‹ ist selbst ein Ausgegrenzter, ihm ist das dritte jener Verbrecherporträts gewidmet: *My Huckleberry Friend*, die Verkörperung des ›freien Lebens‹ aus der Abenteuerliteratur für Jungen. Mit der Titelanspielung auf Mark Twains berühmten Roman ist zugleich die Leitfrage nach dem gestellt, was vom Mut der Jugend bleibt, wenn der Staat diese Phase brutal beendet.

Der Kompositionsbogen der großen *Erzählung einer Jugend* hebt an mit einer Erfahrung der Solidarität gerade auch mit den Anderen, mit dem Unangepaßten, dem Sänger, dem Huckleberry Friend, der im Zuge des Freundschaftsverrats der DDR aus dem sozialistischen afrikanischen Bruderland zuerst importiert und dann im Stich gelassen, an den Rand der Gesellschaft gedrängt wurde und der jene Musik bewahrte, der die Unterdrückten gegen ihr Schicksal die Stimme erheben. Damit wird gleichsam der Mut des Sängers Wolf Biermann, dessen Ausbürgerung ja die Verfolgungen, denen auch Rachowski zum Opfer fiel, ausgelöst hatte, in den Raum dieses Textes hineingehoben; zum erstenmal hört der Erzähler den Sänger Amica beim Transport ins Gefängnis: »Nein, Biermann ist im Westen. Unfreiwillig, aber nicht hier. Das ist sein Lied, aber der singt jetzt nicht.«[76] Derjenige, der singt, wird durch den Gesang nicht zum authentischen Freund. Um dem Druck gegen den fremden

[74] Ders.: My Huckleberry Friend I. In: Ders., Minnigerode (wie Anm. 6), S. 119-124, hier S. 120.

[75] Vgl. dazu den Beitrag von Julia Kormann, die auf die intertextuellen Bezüge auch zu Heiner Müllers *Mauser* aufmerksam macht; zudem ist aus der ›westlichen‹ Literatur an Peter Handkes *Kaspar* zu erinnern – mit seiner Verschränkung von Sprachrollen und Identitätsprojektion, in denen sich das ›Ich‹ verliert.

[76] Rachowski, Huckleberry Friend I (wie Anm. 75), S. 120.

Ausländer zu entgehen, verbündet er sich mit denen, die ihn bedrücken, und wird damit wahrhaft zum ›Fremden‹ in der Gemeinschaft menschlicher Solidarität, wird zum Verräter. Die drohende Fälschung der Stimme ist das Wahnmotiv dieser Erzählung: »Vielleicht ist es zu spät die Stimme zu erheben. Der erhobenen Stimme kann beschieden sein, nicht gehört zu werden. Vielleicht ist es die falsche Stimme. Und zur falschen Zeit.«[77]

Er wird gejagt, ist gehetzt, doch zunächst wird er nur zum Schauspieler seiner Existenz, die sich alsbald auf eine Rolle, die einzige für einen »schwarzen Schauspieler«, verkürzt, auf diejenige »des Verlassenen: Othello.«[78] Nun wird aus der spielerisch genommenen Jagd ein Todesernst: »Es ist kein Spiel, nicht mit Katz und Maus, Jago und Othello, nicht mehr Old Man River und Huckleberry Friend. Es ist tödlicher Ernst daraus geworden.« Amica, dessen Freundschaft in seinem zweiten Namen bereits in die Fremdsprache übersetzt ist, wird vollends zum mörderischen Spieler. Sein Gesang findet seine wahre Bedeutung in der Gefangenensprache, denn einer der ›singt‹, ist dort einer, der seine Freunde verrät. Nach dem Freikauf singt er wieder. Nun sind die »Akten des Menschengesangs« zu rekonstruieren, die Prosa des Verrats. Selbst ›Amicas‹ faszinierende Freiheit erweist sich als bloßer Schein. In der Buchkomposition Rachowskis antwortet auf diese traumatische Erfahrung von Verrat und Simulation dann die Rücknahme nach innen, ins Tagebuch. Nachdem das, was an der DDR-Geschichte authentisch schien, vollends seine Fragilität im Verrat enthüllt hatte, bleibt nur die Rekonstruktion der eigenen Geschichte und schließlich das Bekenntnis zu seiner eigenen negativen Geschichte, die es anzunehmen gilt.

Zu ihr gehört auch die Kontinuität, wenn schon nicht die Gleichheit der Diktaturen, die sich nun als Teil der Erfahrungen des Schreibenden enthüllt. Gewiß können die Aufnahmeprozeduren der Häftlinge in Auschwitz nicht gleichgesetzt werden. Die Aufnahmeprozeduren der Häftlinge in Auschwitz sollen nicht gleichgesetzt werden mit den Ver-

[77] Ebd., S. 119.
[78] Ebd., S. 122; das folgende Zitat ebd., S. 132.

folgungsmethoden der DDR; sie werden aber in einer Konstellation betrachtet.[79] Die Zeiten spiegeln sich: »Später, im Gefängnis, fällt mit die Verhaftungsszene aus Günther Weisenborns *Memorial* wieder ein.«[80] Und schließlich – die »Ausbürgerung, eine Maßnahme, die es in Deutschland seit den Nazis nicht mehr gegeben hatte, und der endgültige Anfang vom Ende der DDR war das auch.«[81]

5. Exil / Die Rettung der Sprache und die Erfahrungen am Markt

Im Exil erst wird der Schriftsteller Utz Rachowski zu einem ›Autor‹, übernimmt diese Rolle, in der sich der Ausdruckwille des Schreibenden und die Erwartungen der Öffentlichkeit stets in paradoxer und, wie sich in diesem besonderen Fall zeigt, auch in schmerzlicher Weise verschränken. Und selbst wenn das Exil die Geburt des Autors bedeutet, so bedeutet es doch zuerst und vor allem versäumtes Leben. Ein Motto, das Rachowski für *Red' mir nicht von Minnigerode* aus Jean Cocteaus *Armer Jean* entlehnt hat, spricht bewegend diese Klage aus:[82]

> Du schöner Junge,
> hat man ihn ermuntert,
> du hast ja noch gar keinen Flaum,
> so stell dich mal an diesen Baum
> und zähle brav bis hundert!
> Doch als er aufhob sein Gesicht,
> war es von Tränen blind,
> denn die einen hatten das Weite gesucht
> und die anderen Weib und Kind.

[79] Vgl. Rachowski, Mein Gefängnis (wie Anm. 18), S. 167.
[80] Ders., Die zwölf Stühle (wie Anm. 52), S. 162. – Vgl. auch die topische Konstellation von Weimar und dem Ettersberg, in: Eduard Mörike, der Ettersberg, ich und blaue Flügelkartuschen. In: Rachowski, Minnigerode (wie Anm. 6), S. 212 ff.
[81] Utz Rachowski: Nach Fellbach reisen. In: Ders., Minnigerode (wie Anm. 6), S. 185-193, hier S. 191.
[82] Zit. n. Rachowski, Minnigerode (wie Anm. 6), S. 51.

Selbst »bei beibehaltener Sprache«[83] ist die Emigration für den Ausgebürgerten gewiß kein bequemes oder auch nur alltägliches Schicksal. »In bizarrer Dialektik ist das Exil Rettung und stigmatisierende Wunde in einem«,[84] und diese Wunde heilt nicht;[85] der »krankhafte Exilstatus«[86] bleibt; Exil, so erfährt es Rachowski, bedeutet »die vollkommene Abwesenheit von mir selbst«.[87]

Öffentlichkeit, so stellt der exilierte Autor im Land seiner Muttersprache fest, ist ein Raum der Entfremdung. Wie viele Schicksalsgenossen versucht er nun ein Schreibstellerleben jenseits der Blockantithesen; dabei begegnen ihm im Westen nicht mehr nur die Akteure des ›Kalten Krieges‹, die ihn als Zeugen für das Unrechtsregime DDR vereinnahmen wollen, sondern auch jene, die ›Westlinken‹, die eben davon gar nichts hören wollen, »daß es ein Land gibt in Deutschland, in dem die Regierung, eine Partei, Krieg führt gegen das eigene Volk und mit allen Mitteln.«[88] Und schließlich gibt es, angesichts so massiver Erwartungen, die Verlockung zu neuerlicher Anpassung, zu einem sublimeren Verrat des ›Dichterberufs‹. »Welche kommen von drüben,« so hat Jürgen Fuchs diese von manchen Kommentatoren geäußerte Meinung beschrieben, »haben einiges erlebt und reisen hier auf Schriftsteller. Sie denken, weil sie im Gefängnis saßen oder einige Verhöre erlebten, ist alles gut und richtig, was sie schreiben und sagen. Das sind aber meist nur Erlebnisberichte, Zeugnisse sehr subjektiver Art, politisch gefärbte Anklagen, keine Literatur.«[89] Der Freund Jürgen Fuchs setzt dann auch das Themenschlagwort in den Titel seines Essays über Rachowski: *Literatur, die im Knast entsteht.*[90] Eine »Münchner Zeitung«, so berichtet Jürgen Fuchs, »behandelte ein Schriftstellertreffen, das in Marburg stattfand,

[83] Rachowski, Nach Fellbach reisen (wie Anm. 83), S. 186.
[84] Bernig, Leise Schreie aus Leben (wie Anm. 22), S. 26.
[85] Vgl. die Formulierung vom Exil »als eine nicht heilende Wunde«; Bernig/Rachowski, Ort deiner Vergangenheit (wie Anm. 37), S. 232.
[86] Ebd., S. 219.
[87] Rachowski, Die alte Stadt (wie Anm. 43), S. 172.
[88] Ders., Die Namenlosen (wie Anm. 5), S. 138.
[89] Fuchs, Literatur (wie Anm. 17).
[90] Ebd., dort die folgenden Zitate.

Rachowski war einer der Teilnehmer (neben Biermann, Erich Loest, Bernd Jentzsch, Helga M. Novak und anderen) und las öffentlich die ›Szenen aus Thüringen‹, ich weiß nicht, ob der Verfasser des Artikels ihn meinte,« – mit dem Vorwurf einer bloßen Spekulation auf den Verfolgtenstatus; jedenfalls wurde, so Fuchs weiter, »das Thema Gefängnis ... von verschiedenen aufgegriffen, aber er [Rachowski] fühlte sich wohl angesprochen. Dieses Zitat dringt ins Zentrum einer Diskussion«, und Jürgen Fuchs insistiert, daß eben diese Diskussion »noch nicht offen genug geführt wird. Sie hat mit Autoren wie Rachowski viel zu tun«.[91] Und: »Zu hoffen ist, ... daß ausführlich beschrieben wird, was zukünftig zur deutschsprachigen Literatur gehören wird: die Auseinandersetzung mit Gefängnis, Armee, Flucht, Ausbürgerung, Ankunft in der nahen oder fernen Fremde«.[92] Autoren wie Rachowski aber »versuchen, sich noch einmal loszureißen und das zu tun, was sie sich vorgenommen hatten: künstlerisch zu arbeiten. Dazu gehört, und es ist wie eine Auflage, sich dem Thema, dem Erlebten zu stellen.« – Rachowski nimmt diese ›Auflage‹ an, wie er mit einem ironischen Motto, das er Witold Gombrowicz' Tagebuch entnommen hat, über seiner Erzählung *Wer ich bin, woher ich komme und wie ich Friseur wurde* belegt: »Er selbst, Miłosz, hat sich einmal ungefähr so ausgedrückt: der Unterschied zwischen dem westlichen Intellektuellen und dem östlichen besteht darin, daß ersterer nie richtig eins in die Fresse gekriegt hat. Im Sinne dieses Aphorismus bestünde unser Trumpf (ich schließe mich selbst nicht aus) darin, daß wir Vertreter einer brutalisierten Kultur sind, also dem Leben näherstehen.«[93] Und darüber hinaus – so formuliert er dann die Aufgabe einer Kunst, die Zeugnis gibt, – heiße dem »Exil [zu] entkommen ..., der Unsichtbarkeit ein Bild zu geben und das Bild aber ist negativ.«[94]

[91] Jürgen Fuchs spricht in ähnlichem Sinn und in sofern terminologisch vielleicht für mich nicht ganz folgend von ›Erlebnisliteratur‹. Zumindest in der Fachsprache der Literaturwissenschaft ist der Begriff ›Erlebnis‹ hier zu harmlos konnotiert. Doch das, worum es Fuchs geht, deckt sich mit dem, was ich hier als Rachowskis Erfahrungen zu beschreiben versuche.

[92] Fuchs, Literatur (wie Anm. 17), dort auch das folgende Zitat.

[93] Rachowski, Wer ich bin (wie Anm. 33), S. 156.

[94] Ders., Erinnerungen (wie Anm. 52), S. 78.

Erzählungen über das Exil lassen diesen existentiellen Zustand bereits in der DDR beginnen; es ist der Zustand des Selbstverrates, des Verzichtes auf Liebe: Der Mann, der schweigt, grenzt sich selbst aus dem Leben aus. Er vollführt die – vielleicht erwarteten – Rollenhandlungen, aber indem er in seiner Verschlossenheit »verharrt«, verzichtet er auf das Wort der Liebe: »Es begann jetzt ein Gefühl in mir aufzusteigen, fast eine Sicherheit, denn war ich war stumm geblieben ihr gegenüber, eitel und kalt, daß ich einen Preis würde zahlen müssen eines Tages und immer wieder für mein Schweigen zu meiner ersten Liebe.«[95]

Nach der Exilierung wird die Liebe zur Utopie jenseits der Grenze. Die Geliebte ist für den Dichter unter den politischen Bedingungen von heute so verloren wie einst Eurydike für Orpheus, der sich auf den Weg machte, um sie von jenseits des Lebens wieder zurück zu holen. »Die endlose Fahrt« ist ein Abschnitt des Erzählbandes *Namenlose* überschrieben;[96] das dauernde Unterwegs-Sein im Exil und das Verfehlen der wahren Liebe entsprechen sich, und die ›endlose Fahrt‹ findet für den heutigen Schriftsteller noch immer kein glückliches Ende: » ... ich suchte ein Dorf, ich hatte mein Schicksal wieder gefunden ... ich suchte ein Dorf jenseits der Grenze. Ich suchte das Dorf meiner Liebe und fand es nicht.«[97] Und, wie ein anderer Text in der Einheit von Rachowskis Erzählwelt kommentiert: »... ohne Liebe, mit diesem Preis zahlen zu müssen, hatte ich nicht gerechnet, als ich mich auf den Weg ins Land der Poesie machte.«[98] – »Ich komme an«; so trügerisch beginnt der offenkundig autobiographische Bericht der Exilerfahrung *Erster Abend, letzter Morgen.*[99] Die zwei Teile dieses Textes verhalten sich wie die realistische Exempelerzählung zur kategorischen Auslegung. In der Erzählung wird das Schreckensmotiv des Schweigens eingeführt, fürchtet der Erzähler doch »ernsthaft, in diesem deutschen Teil Deutschlands würde kein

[95] Ders., Die Namenlosen (wie Anm. 5), S. 137.

[96] Ders., Namenlose (wie Anm. 2), S. 121; vgl. den Text: Das Eichsfeld oder die endlose Fahrt (wie Anm. 2).

[97] Ders., Das Eichsfeld (wie Anm. 2), S. 154.

[98] Ders., Wer ich bin (wie Anm. 33), S. 166.

[99] Ders.: Erster Abend, letzter Morgen. In: Ders., Namenlose (wie Anm. 2), S. 123-126.

deutsch gesprochen.«[100] Die Unschuld des Ankömmlings verbannt ihn in eine völlige Täuschung über seine Situation in jener Stadt Berlin, in der »die Angst schon alt war, und ich wußte es nicht«;[101] und so verkennt er seine Gemeinschaft mit einer jungen Frau, so meint er irrtümlich, die »splitternde[n] frühe[n] Schreie« seiner zwei Töchter seien »das Kristall reinen Glücks«, so verfällt er schließlich »Salome«, »[d]er Tänzerin zweier Welten« und erfüllt ihren Wunsch: »Meinen Kopf in einer goldenen Schüssel.«[102] Der Liebende, jetzt für immer stumm, präsentiert in Schönheit, ein Opfer der ›zwei Welten‹.

»In die Fremde kommt der Mensch schnell, aber wieder nach Hause, das ist ein langer Weg.« So lautet ein Motto von Karel Čapek, das Rachowski über einen Abschnitt seiner Collage *Die alte Stadt* stellt.[103] In solchen Motti, in Zitaten und intertextuellen Verweisen mündet die Selbstverständigung über die allmählich aufdämmernde Ahnung von der Strenge des Dichterberufes in einen Dialog, an dem auch andere teilnehmen; Rachowski sucht den Maßstab der bis in die Gegenwart reichenden Tradition. Um Bildungsliteratur geht es ihm nicht; was er bietet ist, wie er selbstironisch altmodisch vermerkt, eine »Mitteilung an die halbgebildeten Stände«.[104] So werden auch die Erwartungen der Literaturkritik enttäuscht – durch einen Autor, der eben nur bei den Dichtern Zeugen für seine Erfahrung sucht – und – als ehemaliger Bürger der DDR mit ihrer Erbepflege – ein eigenwilliger ›Erbe‹ ist mit einem »Begriff der ›Poesie‹«, der »aus dem 19. Jahrhundert [kommt], dazu von deutschen Prosaautoren, Kleist, Büchner (*Lenz*), der Heine in Prosa, aber auch und besonders die gespenstisch realen Geschichten des Amerikaners Edgar Allen Poe«.[105] So erkennt Jürgen Fuchs in der Erzählung mit dem Turgenjew-Titel *Väter und Söhne* gleichwohl eine »Kohlhaas Story, die es mit der Kleistschen Intensität durchaus aufnehmen

[100] Ebd., S. 124.
[101] Ebd., S. 126.
[102] Ebd.
[103] Rachowski, Die alte Stadt (wie Anm. 43), S. 171.
[104] Ders.: Der wilde Jäger. In: Ders., Minnigerode (wie Anm. 6), S. 29-42, hier S. 29.
[105] Ders., Das Wiederfinden der Erdbeben (wie Anm. 21), S. 208.

kann«.[106] Kleist hatte – mit seinem Essay *Über das Marionettentheater* – dem Exilierten seinen Reiseweg ›rund um die Welt‹ schon vorgeschrieben; das Kleistsche ›Paradies‹, jener utopische Ort der Liebe vor dem Sündenfall der Geschichte, ist zum ›Paradies der Werktätigen‹ heruntergekommen, und dieses Land ist hermetisch verschlossen. – Das Opfer der verwalteten Diktatur erkennt sich in den Texten Franz Kafkas, des Kleist-Lesers, wieder. Freilich, das kafkasche Personal wird in die Schreckensgeschichte des 20. Jahrhunderts, deren Anfang der Prager Autor schon aufgeschrieben hatte, mitten hinein versetzt; der Heizer – Protagonist der Erzählung *Einmal sieh hinaus* – wird zum Zeugen des Massenmordes, seine Arbeit wird sinnlos angesichts der »Leichenberge von Auschwitz«.[107] Polen ist – so zeigt die Zeugenschaft der Literatur – ein anderes ›Land der Poesie‹, seit es auch Ort der unvergleichbaren deutschen Verbrechen wurde;[108] und das ist auch für den nachgeborenen Zeugen entscheidend: »Keiner wird dir glauben, was du wirklich gesehen hast«.[109] Auf Paul Celan, den Überlebenden der Shoah, verweist das Motto: »Lange vor Abend / kehrt bei dir ein, der den Gruß getauscht mit dem Dunkel.«[110] – Der Gefangene Rachowski, auch er einer der Verfolgten, las Dostojewskis *Aufzeichnungen aus einem Totenhaus*;[111] und diese Erfahrungsgemeinschaft des Ostens reicht weiter bis zur Zeugenschaft eines Václav Havel und Imre Kertész; er teilt mit ihnen die Berufung auf eine Literatur der Existenz, für die immer wieder Albert Camus als Zeuge einsteht. Über Jiří Gruša hat Rachowski geschrieben und auf dessen Edition *Hinter Schloss und Riegel* verwiesen.[112] Er beruft

[106] Fuchs, Literatur (wie Anm. 17).
[107] Utz Rachowski: Einmal sieh hinaus. In: Ders., Namenlose (wie Anm. 2), S. 89 f., hier S. 89.
[108] Vgl. Ders.: Eine Lebende in Warschau oder Neun Kapitel eines Grenzübertritts. In: Namenlose (wie Anm. 2), S. 98-103.
[109] Ders., Einmal sieh hinaus (wie Anm. 109), S. 89.
[110] Ders.: Der Gast. In: Ders., Namenlose (wie Anm. 2), S. 117 ff., hier S. 117.
[111] Ders., Die zwölf Stühle (wie Anm. 52), S. 179.
[112] Vgl. Utz Rachowski: »ich bin der herrscher des tagsterns.« Einführung in die Dresdner Poetik-Dozentur Jiří Grušas. In: Ders., Minnigerode (wie Anm. 6), S. 199-207, hier S. 205. – Das Motto der Abteilung hat er von Jiri Gruša übernommen. Keineswegs sei die

sich auf Manès Sperber,[113] und er zitiert geradezu bekennerisch die Stilgeste des aus der DDR exilierten Uwe Johnson,[114] ebenso aber die ›arme Literatur‹ nach der ›Apokalypse‹ 1945, wiederum einen in der Wohlstandsrepublik BRD recht fremd anmutenden Traditionsraum.[115] ›Gefangenschaft‹ und »Eigensinn« schließlich fand Rachowski wiederum bei dem Exilanten Elias Canetti verbunden, in einer Notiz aus *Die Provinz des Menschen* – mit dem Appell zum Ausbruch, wie in den »unaufhörliche[n] Gänge[n] des Tigers an den Gitterstäben entlang, um den einzigen winzigen Augenblick zur Rettung nicht zu versäumen.«[116]

Solche Dialoggemeinschaft, in Texten bezeugt, und der Freundeskreis des Autors überlagern sich. Im Exil gibt noch einmal die Freundschaft Halt. Es entsteht eine Gemeinschaft der Schreibenden im Exil. Reiner Kunze hatte jenen Fahnenappell, der zu Rachowskis Relegation führte, in *Die wunderbaren Jahre* beschrieben und so zumindest im ›Westen‹ öffentlich gemacht; er bleibt – neben Wolf Biermann – gleichsam ein öffentlicher Bürge für die Erfahrung dieses Kreises der aus der DDR exilierten, in der bundesrepublikanischen Öffentlichkeit nicht angekommenen. Jürgen Fuchs widmet Rachowski einen der wenigen eindringlichen Betrachtungen; Wolf Biermann hält 1991 anläßlich der Verleihung des Förderpreises zum Eduard-Mörike-Preis an Rachowski „eine kleine Rede" und steuert sie als Nachwort für dessen Band *Namenlose* bei. Siegfried Heinrichs gibt zuerst in seinem Oberbaumverlag Rachowski und anderen Autoren dieses Kreises ein Domizil, stellt zugleich programmatisch eine Gemeinschaft der Verfolgten der kommunistischen Regime – von Marina Zwetajewa über Imre Kertèsz und Sándor Márai – einer desinteressierten Öffentlichkeit im Westen vor. Rachowski schreibt über

Demokratie bereits in dem Territorium der ehemaligen Deutschen Demokratischen Republik angekommen. Die Verweigerung geschehe schweigend; vgl. ebd., S. 201.

[113] Rachowski, Die Farben des frühen Fuchs (wie Anm. 13), S. 109.

[114] Vgl. den zentralen Satz der Beglaubigung in Rachowski, Red' mir nicht von Minnigerode (wie Anm. 7): »Diese gibt es.«

[115] Vgl. den Verweis auf Borchert in: Rachowski, Wer ich bin (wie Anm. 33), S. 159.

[116] Motto zur Abteilung »ich bin der herrscher des tagsterns« in: Rachowski, Minnigerode (wie Anm. 6), S. 197. – Vgl. auch das Canetti entnommene Motto über Rachowski, Die Farben des frühen Fuchs (wie Anm. 13), S. 106.

ihn.[117] Die Texte – von Utz Rachowski, von Axel Reitel,[118] Siegmar Faust, Jürgen Fuchs, Siegfried Heinrich oder Ulrich Schacht – beziehen sich aufeinander; und: »Die toten Freunde [...], die Kollegen: Rudolph Bahro, Jurek Becker, Gerulf Pannach, Jürgen Fuchs, Klaus Schlesinger«.[119] Nicht nur die Diktaturen beerben einander in Deutschland; den Verfolgten dieser Diktaturen bleibt als ihr Erbteil die Solidarität. Ihre Gemeinschaft reicht über die Zeitgrenzen hinaus, auch über die Zeitbrüche des Jahrhunderts. Das »Vorwort« zu Rachowskis schmalem, 1987 im Berliner Oberbaum Verlag erschienenen Prosaband *Der letzte Tag der Kindheit* hatte Hans Sahl schreiben wollen, als ihm – in New York – eine der Erzählungen des Jüngeren zu Gesicht kam.[120]

6. Die Trägheit der Herzen und der Verhältnisse / Apokalypse

Nicht nur zwischen den Staaten ist der Ort des Schreibens, sondern auch »zwischen richtiger und falscher Zeit«.[121] Die staatlichen Zwänge und die anpasserische Trägheit der Menschen verkehren die Ordnung der Zeit; auch wenn weiterhin Zeit vergeht, so entsteht doch keine menschenwürdige Geschichte und jedes Ziel, das Sinn verleiht, kommt abhanden. Von Kind an war dem Erzähler wohl bewußt, daß am Ende der Zeiten die Apokalypse steht – Schrecken und Verheißung von Untergang und Gericht: »Die apokalyptischen Reiter, sprich sie nicht an, dann reiten sie weiter.«[122] Noch gewährt die Welt der Großmutter Geborgenheit. Im väterlichen Bücherschrank, jenem Bollwerk gegen jede Schuldannahme, findet sich die Figur eines kleinen Engels, den der Erzähler »auf seiner goldenen Trompete nie zum Jüngsten Gericht blasen« hören

[117] Vgl. Rachowski, Die zwölf Stühle des Siegfried Heinrichs (wie Anm. 52).
[118] Vgl. den von Rachowski und Reitel gemeinsam veröffentlichten Band: Gethsemane. Zwei Gedichte. Plauen: Neupert Verlag 1992.
[119] Rachowski, Nach Fellbach reisen (wie Anm. 83), S. 187.
[120] Ders., »Die Wenigen und die Vielen« (wie Anm. 20), S. 250.
[121] Ders., Huckleberry Friend I (wie Anm. 75), S. 121.
[122] Ders., Der wilde Jäger (wie Anm. 106), S. 34.

konnte.[123] In einem nicht-autobiographischen, aber in Wir-Form erzählten Text hat Rachowskis dann diese Erfahrungen ins Parabolische übersetzt: Eine nicht näher identifizierte Gruppe betritt in einer offenbar militärisch geplanten Aktion ein Objekt, macht ihre Beobachtungen, nimmt erste Kommunikation auf in einer merkwürdigen, an der Bibel orientierten Sprache, führt Verhöre durch und bildet sogar »eine bewegliche Einsatzgruppe [...], die in Annäherung an die Sprache der Insassen des Objektes ›Propagandaabteilung‹ genannt wurde.«[124] Doch die Situation gerät außer Kontrolle, die Besetzer werden zurückgetrieben. Es scheint, als ob die Bewohner des Objekts ihre Angelegenheiten selbst in die Hand nehmen wollten. Angesichts der Schlußpointe der Erzählung eine durchaus irrige Annahme: »Allen Anschein nach hielten sie uns zu diesem Zeitpunkt noch immer für Menschen. Und wir waren das Jüngste Gericht.«[125] Es ist eine Parabel, die auch die Rolle des Schriftstellers in einer desinteressierten Gesellschaft beschreibt.

Vom Versäumnis des Endes handeln nicht wenige Texte Rachowskis,[126] so auch *Die Gerechtigkeit*, ein Text, der mit dem »Fest« der Gerechtigkeit und gemeinsamem Tun »unter dem Stern der Gerechtigkeit und des Friedens« nicht endet, sondern das angesprochene Du aus dieser Phase wieder entlässt in die Desorientierung, »als hätte dich« – wie es in einem Zitat aus Kafkas Erzählung *Die kaiserliche Botschaft* heißt – »eine Nachricht, die nur für dich bestimmt sein würde, noch nicht erreicht.«[127] Es bleibt die vage Hoffnung auf eine fortgesetzte Reise, deren Ziel unklar ist. Und so wird der Aufbruch, den schon der Titel in einer der Texte Rachowskis verheißt, in eine polnische Szenerie versetzt. Eine Begegnung des Erzählers mit Jan und Colombina, eine Szene der Kunst – des Tanzes – der Befreiung: »Komm mit, wir brechen auf hinter die Spiegel, von wo unser Blick sie alle durchschauen wird, denn wir

[123] Ders., Der Vater (wie Anm. 38), S. 73.
[124] Ders.: Die Eroberung des Objekts. In: Ders., Minnigerode (wie Anm. 6), S. 53-57, hier S. 55.
[125] Ebd. S. 57.
[126] Vgl. Rachowski, Der dritte Satz für ein Deutschlandbuch. In: Ders., Namenlose (wie Anm. 2), S. 104 zur Dialektik von Ende und Anfang.
[127] Ders.: Die Gerechtigkeit. In: Ders., Namenlose (wie Anm. 2), 110 f, hier S. 111.

kennen nur einen Spiegel für das Leben: Glück«.[128] Dagegen steht die pervertierte Fahrt der Angepassten »auf der Autobahn«,[129] entsteht ein Zwang des Überholens, eine Perversion des Fortschrittsversprechens: »[D]ann sehn wir uns kurz an, ich hinter den Spiegeln und er mit verzweifeltem Blick und nur einer einzigen Frage, die heißt: Wo ist mein Leben!«

Daß Zeit jedes Menschen und die der Menschheit ein Ziel habe und dass dieses Ziel unter dem Zeichen der Gerechtigkeit stehe, ist die Formel der Heilsgeschichte, wie sie die Poesie von der christlichen Religion übernommen hat. Deren Symbole von Heil und Erlösung ordnen die Wirklichkeit der erzählten Welt – in der Wahrnehmung der Figuren oder im Kommentar des Erzählers. Dieser weiß, dass es nicht nur das ›Brot des Bösen‹ und der Lüge gibt, sondern auch das ›Brot‹, das die Wahrheit und die Kommunion im Zeichen dessen bedeutet, was den Menschen zum Göttlichen erhebt – im Zeichen der Liebe: »daß die Liebenden ihr Brot brächen, ausschließlich unter sich, hatte ich früh vernommen und war seither den mühevollen Wegen dieses Glaubens gefolgt.«[130] Früh erfährt der Erzähler, daß bei seinen Mitmenschen jede ›frohe Botschaft‹ der Erlösung ungehört verhallt: »[I]ch rief immerzu: Habt keine Angst mehr, ich habe den Rubin, [...], ich habe gerettet das letzte Licht aus den Gärten, es brennt in meinen Händen, der böse Nebelgeist fängt uns nie! [...] Aber sie kamen nicht, sie hörten nicht. Und sahen auch nicht. [...] Und so ist es immer geblieben.«[131] Und schließlich wird der Erzähler im Exil, der um die ›Passion« der Liebe gebracht ist, zum Nachfolger Christi auch in der Passion des Leids, erblickt sich auf einer »Zeichnung« die ihn »hinter Gittern zeigte, auf meiner Stirn das Schweißtuch der heiligen Veronica.«[132]

[128] Ders.: Aufbruch hinter die Spiegel. In: Ders., Namenlose (wie Anm. 2), 112 ff., hier S. 114.
[129] Ebd., dort auch das folgende Zitat.
[130] Utz Rachowski, Der Gast (wie Anm. 112), S. 119.
[131] Ders.: Das Licht aus den Gärten. In: Ders., Minnigerode (wie Anm. 6), S. 15 f., hier S. 16. Zur seit der ›Romantik‹ belegten Symbolik vgl. Theodore Ziolkowski: Der Karfunkelstein. In: Euphorion 55 (1961), S. 306.
[132] Ders., Das Eichsfeld (wie Anm. 2), S. 153.

7. Heimkehr?

Vielleicht, so hat Jürgen Fuchs gemutmaßt, ist es so: »Im Westen kann man es schreiben, falls Depressionen besiegt werden, verkaufen kaum. Freunde sind wichtig, gute Kollegen, aus West, Ost, Nord und Süd, es werden immer wenige sein. In den Osten muß es dann gelangen, dort wird es von vielen verstanden. Und irgendwann auch verlegt, Zensur und Diktatur müssen nicht ewig dauern.« [133] Das Ende des Exils wäre der Anfang der Geschichte, die Erfüllung der Zeit, die Rechtfertigung des Erzählens: »Wenn Freiheit wahr wird [...] und Terror zerbricht, ›wird es sein, als wenn wir träumen‹. Dann werden wir lachen und einen Tanz anfangen. *Unsere Geschichte* werden wir allen erzählen. Auch die Skeptiker werden dann staunen und zugeben müssen: sie sind frei.«[134]

Mit der Revolution von 1989 schien dieser Augenblick gekommen; doch eine Leidensgeschichte kann – wie sich erweist – unter dem Gesetz irdischer Zeit nicht aufgehoben werden: »Die Grenzen sind offen. Mehr noch: Ich habe meine Mutter besucht, und Deutschland ist wieder eins. Die Toten sind immer noch tot.«[135] Die Erfahrung des Exils ist variabel und irreversibel. »Das Herausbrechen aus der eigenen Generation durch das Exil ist eine wahnsinnige Erfahrung.«[136] Sie wird besiegelt beim Versuch der Heimkehr. Es paßte nicht mehr so recht, »das *Heimweh* von Eichendorff«: »Ach, die Heimat hinter den Gipfeln, / wie liegt sie von hier so weit!«[137] Nach 1989 kehrt Rachowski – als einziger »[v]on den ausgebürgerten Freunden«[138] – in seine Heimat, die keine ist, nach Reichenbach ins Vogtland zurück. 1999, so erinnert er sich, war es schon soweit, daß »in seiner Heimat kein Hund mehr einen gedanklichen Bis-

[133] Fuchs, Literatur (wie Anm. 17).

[134] »Die Freiheit ist das Recht, nicht zu lügen.« Dies zitiert Utz Rachowski in seiner literarischen Predigt zum Reformationstag 2002 aus den Psalmen (126). In: Ders., Minnigerode (wie Anm. 6), S. 239-247, hier S. 239.

[135] Rachowski, Die alte Stadt (wie Anm. 43), S. 176.

[136] Bernig/Rachowski, Ort deiner Vergangenheit (wie Anm. 37), S. 234.

[137] Rachowski, Die Farben des frühen Fuchs (wie Anm. 13), S. 106.

[138] Ders., In abgelegener Provinz (wie Anm. 34), S. 105.

sen von einem Dissidenten nehmen würde.«[139] Offenbar war eine »Rückkehr ... nur an der Oberfläche, ... nur physisch möglich«.[140] Ansonsten hatte der Heimkehrer reichlich Gelegenheit, die »Verdrängung und Nicht-Thematisierung einer eben verschwundenen Diktatur in den 90er Jahren«[141] zu erfahren, die Verwechslung von »trauernden Hinterbliebenen des toten Regimes« [142] mit der vertriebenen Opposition. Die »Wunden der deutschen Sprache«, unsere »Wunden im Leben«[143] waren keineswegs verheilt. »Dem Wunder von 1989 ist der Alltag übergestülpt und macht es unkenntlich, in Ost und in West.«[144] Die Lüge wirke fort. Nicht im Verfall der Städte, der sich in Investitionsprogrammen beheben läßt, dokumentiere sich die Verwüstung: »Architektonische Antiquitätenfälschung« hat längst „die Vergangenheit geschönt".[145] Aber was weitergeführt wird, ist die innere Verheerung: Eine »scheinbar hoffnungslose Grundstimmung, das Abwertende und Verächtliche gegenüber dem Erreichten sind, denke ich, die Kennzeichen des immer noch nachwirkenden Krieges, des Tatsächlichen, der 1945 endete, wie der des anschließenden Systems gegen die freien Lebensäußerungen der Menschen.«[146]

Viele sind »Opfer und Täter zugleich«,[147] und Rachowski ist nicht derjenige, der die rückblickende poetische Verklärung der Diktatur, die in den Inszenierungen des Alltags ja durchaus ihren Platz findet, nun auch in dem strengen Raum der Literatur, unter dem Kunstgesetz des Schreibens zuläßt: »Ich verzeihe ihnen nicht, denn – es sind noch dieselben und immer die gleichen.«[148]

[139] Rachowski, »ich bin der herrscher des tagsterns.« (wie Anm. 114), S. 207.
[140] Vgl. Bernig, Leise Schreie aus Leben (wie Anm. 22), S. 261.
[141] Rachowski, Die zwölf Stühle des Siegfried Heinrichs (wie Anm. 52), S. 150.
[142] Biermann, Kleine Rede (wie Anm. 3), S. 189.
[143] Rachowski, Die zwölf Stühle des Siegfried Heinrichs (wie Anm. 52), S. 150.
[144] Ders., »Die Freiheit ist das Recht, nicht zu lügen.« (wie Anm. 136), S. 244.
[145] Ders., »ich bin der herrscher des tagsterns.« (wie Anm. 114), S. 202.
[146] Ders., Nach Fellbach reisen (wie Anm. 83), S. 192.
[147] Ders., Huckleberry Friend II (wie Anm. 16), S. 130.
[148] Ebd, S. 129. Zu reden ist auch von »den literarischen Ergießungen belletristischen Schunds meiner Täter-Kinder-Generation, sagen wir zum Beispiel in Sachsen, wo jeder mit jedem im KZ gewesen sein will oder in der DDR verfolgt, die sich aber gerade

Nach dem Zusammenbruch der DDR, nachdem die Akten offen gelegt wurden, ist deshalb die Rekonstruktion der Prosa der Akten und ihre Verwandlung in literarische Texte auch ein Akt der Freiheit für die Verfolgten. Reiner Kunze wiederum hat mit seinem Buch *Deckname Lyrik* hier den Weg gewiesen. Rachowski aber schreibt – »folgend der Arbeitsmethode Heinrich von Kleists« und »auf Grundlage dreier Presseberichte«,[149] also Kunst und Erfahrung gattungsgerecht bündelnd – die Anekdote *Altherrenherbst*. Es geht um die juristische Suche nach Gerechtigkeit und um die Sprache der Wahrheit. Zwei Fachleute des Staates DDR, der eine Psychiater, der andere jetzt Rechtsanwalt, ehemals Vernehmer der Staatssicherheit, sind mit Vorwürfen früherer Dissidenten konfrontiert. Man habe sie »mit Tabletten und Spritzen zwangsbehandelt«.[150] Das Rechtssystem wird zum Gefangenen seiner eigenen Sprachregelungen. In dieser Kontinuität der Rede von Staatsmacht kommen die Opfer wieder nicht zu Wort. »Der Prozeß endet mit Freispruch ›mangels Beweisen‹.« Die freigesprochenen Täter jubilieren in der Presse, die Opfer sollen »auf den Fluren des Gerichts noch lange umhergeirrt sein und unhaltbare Dinge gerufen haben.«[151]

Die Nutznießer der Diktatur bleiben oben; sie wissen auch die ›Wende‹ zu nutzen. Selbst alte Sehnsuchtsorte deutscher Kultur werden von ihnen okkupiert – so in der Erzählung *Lektüre bei seitlichem Meerblick*, die, auf Capri spielend, zuerst in zwei kurzen Abschnitten Legenden korrigiert, wie sie über die Tyrannei des Erotomanen und ›des unanständigsten Kaisers‹ Tiberius kursierten; als Projektion sagen sie mehr über diejenigen aus, die sie überliefern, als daß sie etwas mit historischer Wirklichkeit gemeinsam hätte. Und nun im dritten Abschnitt verkehrt sich die Richtung der Projektionen; in der sich so aufklärerisch gebenden Gegenwart florieren neue Legenden. In die Postkartenschönheit

als typische Diktatur-Menschen-Generation durch völlige Mitleidlosigkeit, auch gegen sich selbst, auszeichnet und letztendlich nur überspielen will, daß sie mitgespielt haben«. (Rachowski, Ich will Roger Loewig nicht vergessen [wie Anm. 36], S. 135).

[149] Utz Rachowski: Altherrenherbst. In: Ders., Minnigerode (wie Anm. 6), S. 62 f., hier S. 62.

[150] Ebd.

[151] Ebd., S. 63. Dort auch das vorhergehende Zitat.

einer Kulturlandschaft dringt ein störender Ton, ein deutsches Lanzerlied. Der Balkonnachbar pfeift es: »Er hat das Gesicht eines Mörders [...], er spricht sächsisch.« Was er pfeift, ist nicht ein Lied aus den großen Kriegen sondern aus jenem alltäglichen Krieg, den die DDR gegen Teile ihrer Bevölkerung führte. Ebenso fragt sich der Tourist: »Wohin eigentlich sind die Bewaffneten Organe auseinander gelaufen? Mit ihren Liedern. Und ihren Familien.«[152] Die Vergangenheit ist nicht vergangen. Die Kontinuität derartiger ›Geschichte‹ entwirft die große Erzählung *Red' mir nicht von Minnigerode*, die der jüngsten Veröffentlichung von Utz Rachowski auch den Titel gab. Sie hebt mit der schlichten Beteuerung der Existenz an: »Diese, verfolgte Freunde, sagen wir Minnigerode, für Eingeweihte, Menschenrecht, sagen wir *Gesellschaft für Menschenrechte*, Pfarrer Weidig erschlagen in seiner Zelle. Diese gibt es / *Neues Forum, Widerstand gewaltlos, sagen wir Bürger-Recht, Matthias Domaschk, erhängt in seiner Zelle, Gefängnis Gera, Thüringen, Amthordurchgang. Endstation. Tod. Diese gibt es.«*[153] Die Kontinuität der Verfolgung bei wechselnden, subtiler werdenden Methoden – sie gibt es. Es bleibt die Kontinuität der Orte, es bleibt die Pflicht zur Erinnerung, denn die neuen Methoden zielen auf Vergessen.

Komplementär entsteht im Jahr 1994 die Erzählung *Bauer geschlagen vom Feld.*

Neben denen, die sich wieder – wenn auch vielleicht etwas heimlicher – als Sieger der Geschichte brüsten, stehen wieder einmal die Verlierer: Frieder Schimpfermann, der einfache Bauer mit dem sprechenden Namen – einer, der für Frieden steht, dem aber, wie der gesellschaftlich verliehene Nachnamen verrät, Schimpf angetan wird. Der Bauer Frieder Schimpfermann ist aus dem schönen neuen Deutschland verschwunden, wie so vieles andere:

»Plauener Spitze, Teppiche aus Ölsnitz, die mit dem Halbmond, vogtländische Webstoffe, Reichenbacher Kammgarn: die Fabriken in den

[152] Utz Rachowski: Lektüre bei seitlichem Meerblick. In: Ders., Minnigerode (wie Anm. 6), S. 58-61, hier S. 61. Dort auch das vorhergehende Zitat.
[153] Ders.: Red' mir nicht von Minnigerode (wie Anm. 7), S. 64.

Städten leer, mit blinden Fenstern, Mehl vom Korn des Bauern Schimpfermann gibt es nicht mehr.« Der Erzähler kannte ihn seit seiner Schulzeit, sie hatten gemeinsam die Grundrechenarten geübt und die einfache Regel gelernt, daß Minus mal Minus ein Plus ergäbe; doch für den Bauern Schimpfermann geht diese Gleichung, die aus der Diktatur, die ihm seinen bäuerlichen Besitz nahm, und der Marktwirtschaft, die ihm die Bewirtschaftung dieses wiedergewonnenen Besitzes ruiniert, noch ein Positives zu bilanzieren vermöchte, nicht mehr auf; es bleibt endgültig das Minus: »Ich will nicht das eine verwechseln mit dem anderen, den Aufschwung eines Landes nicht mit dem Schwung des Seiles, das Frieder Schimpfermann über den Balken seiner leeren Scheune geworfen hat.«[154] Der Erzähler bleibt ratlos und gleichsam auch ortlos zwischen den Systemen und Zeiten, angesichts dieser absurden Geschichte und der fortgeschriebenen bösartigen Doppelsinnigkeit der Worte, die noch immer das ›einfach‹ Schöne und Gute nicht zulassen: »Und warum bin ich traurig in den neuen Ländern, ich Glücklicher nach 10 Jahren Exil, und wollte gern ich hätte Schimpfermanns Frieder einst versprochen, daß Gott ihm jetzt Pate stünde, hier, wohin ich zurückgekehrt bin, in die Landschaft unserer Kindheit, jetzt, wo Frieder vielleicht auch meines nachhelfenden Beistandes wieder bedarf: minus mal minus, haben wir erfahren, ist am Ende, wie Liebe und Tod, nicht erklärt.«[155]

Den Osten verlassen hieß eben nicht im Westen ankommen. Die ehemalige DDR wird zum Reich zwischen den Zeiten. Die Vergangenheit will nicht so recht vergehen, eine bessere Zukunft will sich nicht einstellen und dennoch schreibt Rachowski solche Texte, die im florierenden Literaturbetrieb nur wenig Anklang und Beachtung finden. Er schreibt über eine deutsche Gegenwart, die den Menschen in diesem Land ein gutes Leben erlaubt: »Schönes Deutschland. Alles ganz normal. Und beneidenswert.«[156] So im Jahr 2002, im neuen Jahrtausend.

[154] Ders.: Bauer geschlagen vom Feld. In: Ders., Minigerode (wie Anm. 6), S. 11 f., hier S. 12.
[155] Ebd.
[156] Rachowski, Nach Fellbach reisen (wie Anm. 83), S. 193.

Inhalt

01 Viktor Kalinke, Indianer im karierten Hemd
02 Tomaš Escher, Linie 72
03 Viktor Kalinke & Caroline Thiele, El Gancho bravo. Tango-Etüden
04 Katja Langer & Viktor Kalinke, liberi terrestris – Städte und Menschen
05 Viktor Kalinke & Britta Schulze, Die Kunst : den Ort zu finden
06 Anna H. Frauendorf, anKIRYLna, Gedichte & Zeichnungen
07 Jens Rosch, Jokhang-Kreisel, Gedichte & Kurzprosa
08 Viktor Kalinke, Herbst auf Sumatra. Ein Dialog mit Miloš Crnjanski
09 Laurynas Katkus, Tauchstunden. Aus dem Litauischen von Mala Vikaite
10 Gintaras Grajauskas, Knochenflöte. Aus dem Litauischen von Mala Vikaite
11 Viktor Kalinke, Wie ich Amerika entdeckte, Gedichte & Kurzprosa
12 Sergej Birjukov, Jaja Dada oder Die Abschaffung des Artikels
13 Wojciech Izaak Strugała, Phantasmagorien. Aus dem Polnischen von Peter Gehrisch
14 Pentti Saarikoski, Tiarnia. Aus dem Finnischen von Richard Semrau
15 Silvio Pfeuffer, Tausend Sonnen sind eine vermisste Million
16 Uwe Nösner, Die gekreuzigte Zeit
17 Mila Haugová, Körperarchive. Aus dem Slowakischen von Slavká Porubská
18 Peter Gehrisch, Tunnelgänge
19 Billy Collins, Schnee schaufeln mit Buddha. Aus dem Amerik. von Ron Winkler
20 Guillaume Apollinaire, Bestiarium. Aus dem Französischen von Thomas Eichhorn
21 Krzysztof Siwczyk, Im Reich der Mitte. Aus dem Polnischen von Andre Rudolph
22 Charles Wright, Worte sind die Verringerung der Dinge. Aus dem Amerikanischen von Stefanie Golisch
23 Urszula Kozioł, Bittgesuche. Aus dem Polnischen von Peter Gehrisch
24 Nina Chabias, Guttapercha des gänsehäutigen Gehänges. Aus dem Russischen von Henrike Schmidt
25 Miloš Crnjanski, Ithaka. Aus dem Serbischen von Viktor Kalinke
26 Bärbel Klässner, Der zugang ist gelegt
27 Yvette K. Centeno, erdnah. Aus dem Portugiesischen von Markus Sahr
28 Shakespeare, Sonette. Aus dem Englischen von Jan Weinert
29 Jean-Michel Maulpoix, Eine Geschichte vom Blau. Aus dem Französischen von Margret Millischer
30 Leonid Aronson, Innenfläche der Hand. Aus dem Russischen von Gisela Schulte & Marina Bordne
31 Carsten Zimmermann, licht etc.
32 Gennadij Ajgi, Immer anders auf die Erde. Aus dem Russischen von Walter Thümler
33 Axel Helbig & Ulf Großmann (Hg.), Skeptische Zärtlichkeit
34 Dieter Krause, Farbkammern
35 Hadžem Hajdarević, Land, das es nicht gibt. Aus dem Bosnischen von Astrid Philippsen & Cornelia Marks
36 Jens Rosch, Goðan Daginn
37 C. K. Williams, Von nun an. Aus dem Amerikanischen von Walter Thümler
38 Sergej Jessenin, Der Winter singt – es ist ein Schreien. Aus dem Russ. v. Erich Ahrndt
39 Peter Gehrisch (Hg.), Das reicht für eine Irrfahrt durch Polen. Anthologie
40 Miodrag Pavlović, Mißhelligkeiten. Aus dem Serbischen von Peter Urban
41 Walter Thümler, Ist jemand da
42 Verica Tričković, Als rettete mich das Wort
43 Radmila Lazić, Das Herz zwischen den Zähnen. A. d. Serb. v. Mirjana & Klaus Wittmann
44 Robert Hodel (Hg.), Hundert Gramm Seele. Serbische Anthologie
45 James Laughlin, Dylan schrieb Gedichte. Aus dem Amerik. von Christine Pfammatter
46 Boško Tomašević, Früchte der Heimsuchung. Aus dem Serb. von Helmut Weinberger

Carlos A. Aguilera, Theorie der chinesischen Seele. Aus dem Spanischen von Udo Kawasser
Manuel Alegre, Rafael, Roman
Alhierd Bacharevič, Die Elster auf dem Galgen. Aus dem Weißrussischen von Thomas Weiler
Murat Baltić, Westliche Wasser. Aus dem Bosnischen von Barbara Nollmann
Patrick Beck, Ich habe ein Haus aus Licht gebaut
Oliver Bendel, Nachrückende Generationen, Roman
Künstliche Kreaturen, Roman
Verlorene Schwestern, Roman
Jana Beňová, Parker. Aus dem Slowakischen von Andrea Koch-Reynolds
Reinhard Bernhof, Fluchtkind, Roman
Gesche Blume, Lilith im blauen Kleid, Roman
Thomas Böhme, Schwarze Archen, Erzählungen
Yvette K. Centeno, Im Garten der Nußbäume, Roman
Anfang. Aus dem Portugiesischen von Markus Sahr
Velibor Čolić, Bei Alberto. Aus dem Kroatischen von Alida Bremer
Marc Degens, Hier keine Kunst, Roman
Ivan Dodovski, Der große Koffer. Aus dem Mazedonischen von Will Firth
Peter Gehrisch, Hans-Theodors Karneval, Roman
Uta Hauthal, Im Kreis, Novelle
Katrin Heinau, Vier Männer, Erzählungen
Evakuierung, Roman
Der Papst ist ein Schwede, Erzählung
Hochstaplerroman
Tanja Heinze, Der Schnee des letzten Sommers, Roman
Donna Juana, Roman
Herberto Helder, Schritte ringsum. Aus dem Portugiesischen von Markus Sahr
Viktor Kalinke, Asche, Roman
Empörte Flut, Roman
Gertrud Katzenstein, Inventuren. Stories & Begebenheiten
Zilhad Ključanin, Wasserhochzeit. Aus dem Bosnischen von Astrid Philippsen
Inger Kock, Flüsternder Eukalyptus, Erzählungen & Gedichte
Herbert Kollenz, Marmotta, Roman
Herkus Kunčius, Ornament. Aus dem Litauischen von Mala Vikaite
Wjatscheslaw Kuprijanow, Im Geheimzentrum
Suzanne Latour, Spickerdeel, Roman
Ulrich van Loyen, Stilles Weites Land, Romanzen
Helder Macedo, Weiße Flecken von Afrika. Aus dem Portugiesischen von Markus Sahr
Jean-Michel Maulpoix, Der Geistschreiber. Aus dem Französischen von Jürgen Strasser
Esther Mohnweg, Winterschlaf, Roman
Uwe Nösner, Reise ans Ende des Traums, Prosastücke
Ilona Schlott, Steißvogel
Jorge de Sena, Die Großkapitäne. Aus dem Portugiesischen von Markus Sahr
Marek Śniečiński, Andere Obsessionen
Esther Tusquets, Sieben Mädchenblicke auf dieselbe Landschaft, Erzählungen

Bibliographische Information: Die Deutsche Bibliothek
Die Deutsche Bibliothek verzeichnet dieses Buch in der deutschen Nationalbibliographie, detaillierte Angaben sind erhältlich über http://dnb.ddb.de

ISBN 978-3-86660-121-5

Der letzte Tag der Kindheit erschien erstmals 1986 im Oberbaumverlag Berlin, gleichfalls dort 1992 *Die Stimmen des Sommers*. Der Essay *Die Erfahrungen des Schriftstellers Utz Rachowski in drei deutschen Staaten* erschien erstmals in „Deutsch-deutsches Literaturexil", herausgegeben von Jörg Bernig und Walter Schmitz, Dresden 2009.

1. Auflage, printed in the European Union
Reihengestaltung: Viktor Kalinke
Gesetzt aus der Gentium von Kerstin Schmidt.
Umschlagbild: „Universallandschaft" (2009) von Thomas Beurich
Autorenfoto (Seite 2): Laurel Cohen-Pfister

Unser gesamtes lieferbares Programm und viele weitere Informationen finden Sie unter **http://www.leipzigerliteraturverlag.de**